Marie Curie
Portrait d'une femme engagée
1914-1918

DU MÊME AUTEUR

LE MYSTÈRE DES JUMEAUX, Perrin, 2009.

LE ROBOT PENSANT, Les Éditions du moment, 2012.

KEVIN STAUT, L'ÉLÉGANCE DE LA LIBERTÉ, Actes Sud, 2012.

MARIE-NOËLLE HIMBERT

Marie Curie
Portrait d'une femme engagée
1914-1918

récit

La Loupe

Éditions de La Loupe
Livres en gros caractères

Catalogue sur demande
Éditions de La Loupe - Service clients
Métairie de la Lande - BP 25231
44352 - Guérande cedex
(Siège social : 10, rue du Colisée - 75008 - Paris - Tél. 01 56 88 29 88)

Téléphone et fax*
Tél. 04 78 47 27 02
Fax 04 78 47 24 03
*(Nos lignes tél./fax restent inchangées après notre transfert de Lyon)
Boutique en ligne
www.editionsdelaloupe.com

ISBN 978-2-84868-587-8

Si je vois autour de moi quelque chose de vital, c'est précisément l'esprit d'aventure qui paraît indéracinable et s'apparente à la curiosité.

MARIE CURIE,
*Discours de Madrid
sur l'avenir de la culture*, 1933.

YEUX : GRIS-BLEU

“Visage : *ovale.*

Front : *haut.*

Menton : *rond.*”

Sur le *Permis de circuler par véhicule automobile*1[1], délivré par le Grand Quartier général des armées, les tampons paraphés se bousculent, d’où émerge un portrait. *Signalement du Porteur du présent Permis* : une ébauche de peintre tracée par un planton.

Pour écrire ces lignes, il a dû l’observer. Assis à son bureau, le va-et-vient des yeux, du visage au papier.

“Nez… *moyen.*”

Comme les crayonnés d’un dessin animé, au fil des pages qui tournent, tapissées de ces lais-

1. Les notes figurent en fin d’ouvrage, p. 279.

sez-passer, l'image s'anime. Et bientôt la couleur apparaît.

"Cheveux : *blond-gris.*"

Dans l'immense, studieuse salle ovale de la Bibliothèque nationale, aux arcades enchâssées de livres qui montent à l'assaut de la belle verrière, des loupiotes signalent une présence. Inclinés en silence devant des ouvrages anciens – certains si précieux qu'ils reposent sur un coussin de velours –, des hommes, des femmes, des jeunes, des vieux, cherchent ce qui les unit aux vivants d'autrefois, dans les traces écrites qui leur ont survécu.

À l'écart, dissimulés par une cloison, s'alignent sagement les antiques projecteurs dédiés aux microfilms. Les écrans désuets et ronflants sont encore trop modernes pour être exposés dans l'antre du papier. Et c'est là, fichier NAF 18437, fonds Pierre et Marie Curie, *Papiers et correspondance*, dans cette chambre noire de l'histoire, que des documents de cent ans assument leur fonction chimique de révélateur. *Marie Curie, Documents concernant la Première Guerre mondiale*, yeux : *gris-bleu*.

Elle n'est plus tout à fait cette image figée des photos noir et blanc dont elle ne voulait pas et qui la montrent austère. Quelqu'un – ce planton – la regarde, la scrute pour trouver les mots justes qui rempliront les cases de son formulaire, bouche : *régulière*. Elle est là, elle a vécu. Elle est vivante.

— Taille ?
— Un mètre soixante-trois.
— … Âge ?

Deux ans, déjà, que l'Europe est en guerre, bien des frontières sont tombées, les corps se touchent et se mettent à nu, eux qui osaient à peine se frôler habillés, douces mains des femmes sur corps d'hommes broyés.

— Cinquante ans.

Elle signe, de son écriture appliquée, le désiré laissez-passer.

"Il est permis à Madame Curie, de l'Institut, demeurant à Paris, 36 quai de Béthune, de se rendre à Amiens, Montdidier et les ambulances[2] voisines, Compiègne, Villers-Cotterêts et les ambulances voisines, en voiture automobile n° 686-X-9." Coup de tampon. "Délivré le 10 mai 1916."

Et non, ce n'est pas le planton qui la dévisageait mais l'un des chefs d'orchestre du grand champ de bataille, aide-major général, grand prévôt de l'Armée, chef du 2e bureau de la 8e armée… chaque fois un nouveau gradé qu'il lui fallait convaincre, envoûter, menacer ou duper, elle, la femme, la civile. Elle, qui se méfiait de toute autorité.

Sauf-conduit. Laissez-passer. Ordre de mission. Feuille de route. Autorisation spéciale. Une cascade de papiers officiels pleut sur l'écran cacochyme qui redouble d'un effort sonore pour ne pas lâcher. La silhouette lointaine dans sa robe noire commence à se mouvoir, dessinant un chemin dans lequel on s'engage. Dunkerque. Calais. Poperinghe. Verdun. Les canons déchiquettent. Les hommes crient. Marie est là.

Un *Permis* barré d'une large croix attire le regard. No 12057. Celui-là semble différent. Plus chargé que les autres. *Signes particuliers* : là où partout ailleurs il n'y a que du blanc, quelqu'un – planton ou gradé – a cru bon d'ajouter : “Née à Varsovie le 7 novembre 1867.”

Une femme, une civile et une étrangère.

Marie signe le laissez-passer. Mais cette fois l'écriture est incisive, penchée. Elle ajoute et souligne : "*nationalité française*, née Skłodowska Marie, mariée à Pierre Curie le 26 juillet 1895 à Sceaux (Seine)".

Est-ce bien elle qui a posé ces mots sur le document officiel ? Ces deux années de guerre lui ont-elles donné la rage de défier le gradé qui l'observe derrière son bureau ? Yeux gris-bleu dans les yeux.

À bien y regarder, ce sont ses lettres. Ce C enroulé, à la manière des jeunes fougères. Et ce *k* presque calligraphique, qui fait le beau dans la foule de gens simples formée par tout le reste de notre alphabet.

Mais il faut être sûr. Photocopie du document. Quelques jours plus tard, présentation à l'un des détenteurs de l'histoire officielle de 14-18 ; l'un de ceux qui croyaient – c'est ce que disent leurs archives – que le rôle de Marie, dans cette Grande Guerre, n'était qu'une goutte d'eau. Médecin général inspecteur du Service de santé des armées, historien. Très courtois, bienveillant, ouvert aux découvertes.

Il regarde, se penche pour mieux voir et très vite, avec un geste de recul, il se lance.

— Mais oui, c'est bien son écriture.

Et comme si lui aussi maintenant, devant ce document, se trouvait face à la dame en noir qui le défie de son mètre soixante-trois, il se parle à lui-même.

— Elle est gonflée, tout de même !

Dans sa voix il y a tout à la fois le respect pour la règle, ce monde qui est le sien, et un commencement d'autre chose, une pointe d'admiration pour la petite dame. Oui, Marie Curie née Skłodowska, l'immigrée polonaise venue à Paris pour faire ses études, la première femme de science mondialement connue, la double prix Nobel dont les découvertes abyssales nous ont ouvert la porte d'un nouveau monde, est gonflée.

Si les archives du Service de santé des armées ne nous disaient pas tout, c'est que la grande savante n'a pas toujours agi de manière officielle. Ici, dans la salle ovale, des milliers de notes, factures, agendas, brouillons, lettres et télégrammes révèlent les activités clandestines de Marie Curie durant le grand conflit, et la révèlent aussi.

Et, enfoui dans la pléthore des dossiers Curie conservés par la Bibliothèque nationale, il y a ce manuscrit, daté de 1919, dormant, attendant que quelqu'un vienne le réveiller.

"Je causais avec les chefs, je demandais des autorisations, je m'en passais quand cela semblait préférable", écrit-elle de sa main dans ce texte inédit, où elle raconte sa guerre[3].

Depuis le premier jour.

1914

DEUX CENT MILLE MORTS

L'UN DE NOUS DEUX

L'Arcouest, 1er août 1914

Ma chère Marie,

Nous sommes tous unanimes ici à vous demander de partir de Paris tout de suite pour nous rejoindre. Si vous attendez seulement jusqu'à lundi, le voyage peut être difficile, sinon impossible, à cause des trains militaires.

Nous avons appris ce matin, avec une bien douloureuse émotion, l'assassinat de Jaurès...

[...] *Nous avons appris aussi la mobilisation russe, et nous nous attendons à apprendre demain la mobilisation allemande et la mobilisation française.*

[...] *À lundi matin, j'espère. Je vous embrasse bien tendrement.*

Henriette Perrin

Les dépêches privées ne partent plus d'ici[1].

Tout est allé si vite. Il y a quelques jours, les lettres de l'Arcouest racontaient les bains de mer et les escapades sur le voilier du "Capitaine", ce vieux célibataire, bourru et généreux, en complet de flanelle, qui ouvre grands à tous sa maison et son bateau. Lorsqu'il ne navigue pas, le "pacha" enseigne l'histoire à la Sorbonne.

Ils sont tous en vacances là-bas ; les fidèles, ceux qu'elle aime et qui parlent le même langage. Ceux qui l'ont protégée quand on l'a attaquée. Émile Borel, le mathématicien, "drapé dans un peignoir comme un empereur romain dans sa toge[2]". Jean Perrin, le physicien, qui commence toutes ses lettres par "Ma chère grande Amie". Et cette chère Henriette, l'une des rares personnes qui l'appellent Marie. Ses intimes d'autrefois, qui l'ont connue enfant, elle les a quittés en quittant la Pologne. Et là-bas on l'appelle Mania.

Le petit cercle des chercheurs et professeurs de la Sorbonne a rejoint sa colonie d'été, un village breton où ces irréductibles, quand ils ne refont pas le monde, jouent aux cartes ou aux mimes et chantent entre deux plongeons.

Marie est seule à Paris. Du travail à finir et ce laboratoire qu'il faut commencer à ranger en vue de son déménagement. Du 12, rue Cuvier au 1, rue Pierre-Curie. Seule aussi dans sa vie.

Là aussi tout est allé vite, le malheur est pressé. C'était il y a huit ans, elle en avait trente-huit. Ils revenaient de quelques jours à la campagne avec les filles, pour les vacances de Pâques. Ève était encore presque un bébé, elle faisait rire son père. Irène courait torse nu derrière les papillons. Il faisait beau.

"Mort tragique de M. Curie" titre, en gras caractères, la presse du 20 avril 1906[3]. "Le grand savant qui collabora à la découverte du radium a trouvé la mort, hier, sous les roues d'un camion. – La science française en deuil." Avec une photo à la une de Pierre et Marie Curie dans leur laboratoire de fortune. Le monde entier la connaissait, cette photographie, on l'avait publiée partout lorsque les deux époux avaient reçu leur prix Nobel, une gloire pour la France. Et puis, en bas à gauche de cette grande page, un petit médaillon : "Le camion meurtrier." Une carriole bâchée à laquelle sont attelés deux vagues chevaux de trait, qui attendent. Et une petite croix, tracée sur la photo, avec une mention entre parenthèses : "La croix indique la roue qui écrasa le crâne de M. Curie." Délicatesse de journaliste.

Il pleuvait.

Pierre sous son parapluie est coincé derrière un fiacre arrêté, embouteillage dans les rues de Paris. Il se faufile pour le dépasser, ne voit pas le camion qui vient de s'engager. La première roue l'évite, pas celle de la croix.

"À quoi rêvait-il encore?" balbutia le vieux docteur Eugène lorsqu'on vint lui apprendre la mort de son fils.

Et Marie, qui rentre à la maison à la fin de la journée, ne sait rien encore, les voit tous là. Marie qui ne comprend pas. Puis réclame le corps et s'enferme avec lui dans la chambre du bas. Enlèvera du cercueil "l'affreux chiffon noir" pour le couvrir de fleurs. Prendra un cahier d'écolier. Une plume. Et lui parlera.

> Pierre, mon Pierre, tu es là calme comme un pauvre blessé qui se repose en dormant la tête enveloppée. Et ta figure est encore douce et sereine, c'est encore toi enfermé dans un rêve dont tu ne peux sortir. Tes lèvres que jadis j'appelais gourmandes sont

blêmes et décolorées. Ta petite barbe grisonnante ; on voit à peine tes cheveux car la blessure commence là, et on peut voir l'os au-dessus du front à droite qui a sauté. Oh ! comme tu as eu mal, comme tu as saigné, tes habits sont inondés de sang. Quel choc terrible a subi ta pauvre tête que je caressais si souvent, en la prenant de mes deux mains. Et j'ai encore baisé tes paupières que si souvent tu fermais pour que je les embrasse en m'offrant la tête d'un mouvement familier[4].

Elle veut tout écrire pour ne rien oublier, tout lui raconter.

Ces derniers jours passés ensemble. "Nous dormions blottis l'un contre l'autre comme d'ordinaire", "nous partîmes tous chercher du lait à la ferme", "tu as relevé la selle de la bicyclette d'Irène". La sieste contre la meule de foin : "J'ai ôté mon jupon de dessous pour que tu ne restes pas assis par terre sans rien, tu m'as traitée de folle et tu m'as grondée, mais je n'écoutais pas, j'avais peur que tu ne prennes du mal." Les "mares aux nénuphars" et le chemin du bois – "nous y trouvâmes quelques pervenches ravissantes et des violettes". "Nous avons aussi cueilli des branches de mahonia fleuri, et nous avons fait un grand bouquet de grosses renoncules d'eau que tu aimais tant. Ce bouquet, tu l'as emporté à Paris le lendemain et il vivait encore quand tu étais mort."

Elle écrit, "dans le silence de ce laboratoire, où je ne pensais pas avoir à vivre sans toi". Elle grave sa souffrance dans le cahier ligné. "Dans la rue je marche comme hypnotisée, sans souci de rien. Je ne me tuerai pas, je n'ai même pas le désir du suicide. Mais parmi toutes ces voitures, n'y en aura-t-il pas une pour me faire partager le sort de mon aimé?"

Le lendemain de sa mort, c'est là qu'elle est allée se réfugier, dans ce hangar misérable où ensemble ils ont cherché et trouvé. "J'ai essayé de faire une mesure, pour une courbe dont nous avions chacun fait quelques points. Mais au bout de quelque temps je sentis l'impossibilité de continuer. Ce laboratoire était d'une tristesse infinie et semblait un désert."

Il y a le tableau noir où Pierre enchantait ses élèves ou prenait son envol pour l'un de ces grands rêves qui l'emportaient au loin. Le quartz piézoélectrique qu'il a inventé et qui fut l'un des instruments de leur grande découverte.

L'électromètre qu'il réglait de ses longs doigts habiles. Le poêle, sur lequel Marie réchauffait un semblant de repas lorsqu'ils travaillaient tard. Et ces étagères, faites de planches clouées, où brillait le radium dans le noir.

Bien des années plus tard, dans la seule courte autobiographie[5] que Marie consentit à écrire – et seulement en anglais, pour un éditeur américain –, elle racontera ces nuits de conte de fées. "L'une de nos joies était d'aller la nuit dans notre atelier ; tout autour de nous, apparaissaient alors les silhouettes délicatement lumineuses des bouteilles et coupelles qui contenaient nos produits. C'était un spectacle magnifique, que nous vivions chaque nuit comme si c'était la première nuit." Sur les premières épreuves de son livre, elle ajoute à la main : *"The glowing tubes looked like faint fairy lights*[6]*."* Marie aime les fleurs et la poésie.

— Les tubes luminescents nous semblaient douces lumières féeriques.

Ce produit qui illumine leurs nuits, Pierre et Marie l'ont cherché, longtemps. Marie lui demandait : "Comment l'imagines-tu ?" Pierre répondait simplement : "Je voudrais qu'il soit beau."

Le vœu fut exaucé. Ils choisirent alors de le baptiser. “Polonium.” C’est ainsi qu’apparut sur la grande scène des sciences la substance qui allait bouleverser notre vision du monde. Polonium, “du nom du pays d’origine de l’un de nous[7]”. Cinq mois plus tard vint le radium, nommé d’après cet autre mot, que Marie avait inventé : “radio-activité[8]”.

L’un de nous deux. Ils présentaient toujours ainsi leurs découvertes à l’Académie des sciences. Là où beaucoup n’auraient cherché qu’à peser les parts respectives, aux fins d’attribution d’une gloire équitable, et où la plupart ont tout d’abord, par principe, fait pencher largement le poids de la balance en faveur de l’époux, eux voyaient le fruit de leur union.

Alors Marie écrit à Pierre, durant de longs mois, et se remet au travail. Car “ce laboratoire me fait comme une illusion de conserver un restant de ta vie et les marques de ton passage”, et parce qu’ils se le sont promis. Quoi qu’il arrive, “il faudrait continuer” ; quand bien même on ne serait plus alors “qu’un corps sans âme”.

Elle travaille et partage ; ce qui aurait dû être un honneur – première femme professeur à la Sorbonne – et ne fut que douleur. “Mon petit

Pierre, je voudrais te dire que les faux ébéniers sont en fleurs, les glycines, les aubépines, les iris commencent, tu aurais aimé voir tout cela et te chauffer au soleil. Je veux te dire aussi qu'on m'a nommée à ta chaire et qu'il s'est trouvé des imbéciles pour m'en féliciter." "Je veux te dire que je n'aime plus le soleil ni les fleurs, leur vue me fait souffrir, je me sens mieux par les temps sombres comme le jour de ta mort, et si je n'ai pas pris le beau temps en haine c'est parce que nos enfants en ont besoin."

Et Marie fait, "au doux compagnon de ma vie", une promesse solennelle sur les pages lignées du cahier d'écolier. Ni l'un ni l'autre ne croyait en un dieu – elle l'a renié enfant devant l'agonie de sa mère, lui a grandi dans la chaleur d'un Eugène libre-penseur. Mais elle s'accroche à l'espoir de le retrouver "dans l'autre vie, s'il y en a une. Il faut, si cela était, que je puisse te dire que j'ai fait mon possible pour me montrer digne de toi. C'est là maintenant la seule préoccupation de ma vie."

Alors non, chère Henriette, Marie n'ira pas à l'Arcouest. Car si, aujourd'hui, 1er août 1914, l'un de nous deux doit s'élever contre la barbarie, ce ne peut être que Marie. Elle est seule. Et elle reste à Paris.

IRÈNE CURIE ET ÈVE
à l'Arcouest
par Ploubazlanec
Côtes-du-Nord

Marie colle sur l'enveloppe une Marianne à 10 centimes, saisit le premier papier qui lui tombe sous la main – "Salon de lecture des Grands Magasins du Louvre" – et écrit à ses filles. Ève a neuf ans, Irène seize.

Paris, le 1er août 1914

Chère Irène, chère Ève,

Les choses semblent tourner mal, nous attendons la mobilisation d'un moment à l'autre. Je ne sais si je pourrai partir car je ne serai pas prête avant lundi, et la communication pourra être coupée. Ne vous affolez pas. Soyez courageuses.

[...] *Toi et moi, Irène, nous chercherons à nous rendre utiles*[9].

RAYONS X

Les premiers devis sont datés du 15 août. Treize jours après la mobilisation. Onze jours après l'entrée en guerre.

Ce fichier NAF 18437 est une mine. Et le doute n'est pas permis. Les devis émanent de l'entreprise Drault et Raulot-Lapointe, constructeurs d'appareils de radiologie, et comportent tout le matériel nécessaire à l'aménagement d'installations fixes ou transportables, "avec groupe électrogène à essence". Le nom de Marie Curie n'y figure pas ; ils sont destinés au "Service de Santé militaire". Mais comment sont-ils arrivés sur son bureau ?

Plus loin, on trouve des croquis de tubes à rayons X, des plans métrés pour la réalisation de tables d'examen démontables, des informations détaillées sur les techniques de localisation de projectiles à l'intérieur du corps humain. Et les premières factures adressées personnellement à "Madame Curie", quatre semaines plus tard, par un autre constructeur d'électricité médicale, la maison Gaiffe. En août, Marie se documente ; en septembre, elle est opérationnelle.

D'où lui est venue cette idée ? Comment a-t-elle compris, alors que la guerre venait à peine de commencer, le rôle qu'allait jouer la radiologie dans le traitement des blessés ? Et pourquoi était-ce à elle de s'en préoccuper ?

Les rayons X, Marie Curie en maîtrise la théorie. Depuis qu'elle a repris la chaire de Pierre à la Sorbonne, elle leur consacre plusieurs heures de cours. C'est son domaine : une découverte récente, issue de recherche pure en sciences physiques, qui est en quelque sorte à l'origine de ses propres travaux, et qui a de surcroît cette magie des coups de pouce du hasard.

8 novembre 1895, Allemagne. Le physicien Wilhelm Röntgen travaille dans son laboratoire. Comme beaucoup de chercheurs de son temps, il est fasciné par un phénomène étrange dont il tente de percer le secret : si l'on prend un tube

de verre, à l'intérieur duquel on fait le vide, et qu'on y fait passer un courant électrique, le tube émet une lumière verte. Aucun savant au monde n'a encore trouvé d'explication rationnelle. On cherche dans tous les sens, on multiplie les expériences.

Ce jour-là, Röntgen décide d'entourer son tube de papier noir. C'est le papier qu'on utilise pour protéger les plaques photographiques : les rayons de lumière ne peuvent pas le traverser. Il fait l'obscurité dans son laboratoire. Puis envoie le courant électrique dans le tube.

C'est alors qu'à plusieurs mètres de là, à l'autre bout de son laboratoire, une lumière apparaît.

Surnaturel.

Röntgen sursaute, ne comprend pas, prend peur. Si peur qu'il appelle sa femme, "Bertha !... Bertha !", est-il devenu fou ? Ses sens lui joueraient-ils un vilain tour ? Bertha accourt, calme l'époux et tente de comprendre ce qu'il s'efforce de lui expliquer. Röntgen répète sa manœuvre : cette lumière, qui apparaît à distance, chaque fois qu'il envoie le courant dans le tube emmitouflé de papier noir, est en fait émise par un écran fluorescent. C'est l'un des nombreux instruments de recherche qui s'accumulent dans son laboratoire : il a la propriété de renvoyer la lumière lorsqu'il en reçoit. Mais il n'en reçoit pas ! Entre le tube et l'écran, il n'y a aucun rayon de lumière, alors comment cela est-il possible ? On ne voit rien, et pourtant il doit bien y avoir quelque chose. Quelque chose d'invisible, suffisamment puissant pour traverser le papier noir et atteindre l'écran. Un rayon inconnu.

Pour être bien certain qu'il n'y a vraiment rien, pas même un tout petit rayon de lumière qui aurait échappé à sa vigilance, Röntgen passe la main entre le tube et l'écran… Stupéfaction. Sur l'écran, en ombre portée, se dessinent les os de sa main.

L'histoire ne dit pas comment a réagi Bertha.

Pendant des jours, Röntgen répète ses expériences. Il a si peur qu'on le prenne pour un dément qu'il ne veut rien laisser au hasard. Pour apporter la preuve irréfutable de sa découverte, il installe à la place de son écran fluorescent une plaque photographique. Et appelle sa femme.

“La main de Bertha” sera la première radiographie de l'histoire.

Ces rayons, invisibles et pénétrants, sont si extraordinaires que Röntgen les baptise “X”, du nom de l’inconnue en mathématiques. L’annonce de leur découverte fera le tour du monde en quelques jours[1]. Ils connaissent un succès immédiat chez les montreurs de foire et dans les cabarets. Dans le temple de l’illusion, au théâtre de feu Robert-Houdin, dirigé depuis peu par le magicien Georges Méliès, les rayons de Röntgen volent l’affiche aux automates, prestidigitateurs et au tout nouveau cinématographe. Certains grands magasins leur trouvent un autre usage : sous les jupes des femmes, passées aux rayons X, aucun larcin ne leur échappe.

Les médecins, en revanche, mettent beaucoup de temps à comprendre le bénéfice qu’ils pourraient tirer de cette étrangeté qui leur permet de voir à l’intérieur des corps. En 1914, vingt ans après la découverte de Röntgen, la radiologie n’est pas enseignée dans les facultés de médecine ; parmi les quelques praticiens installés en ville, certains sont d’anciens photographes reconvertis à une technique qui utilise des plaques photographiques ; et dans les hôpitaux parisiens, les chefs de service qui possèdent une installation pour leurs expériences et leurs diagnostics se comptent sur les doigts d'une main.

Marie Curie n'est ni illusionniste, ni photographe, ni médecin. Comment a-t-elle pu, dès les tout premiers jours du conflit, faire le lien entre les rayons X et les blessures de guerre ?

Paris, le jeudi 6 août 1914

Ma chère Irène

[...] *En ce moment les Allemands traversent la Belgique en livrant des combats. La brave petite Belgique n'a pas accepté de les laisser passer sans se défendre.*

Tous les Français ont bon espoir et pensent que la lutte, quoique rude, se terminera bien. Mais quel massacre ne devons-nous pas prévoir et quelle folie de l'avoir déchaîné.

[...] *Actuellement le pays polonais est occupé par les Allemands. Qu'en restera-t-il après leur passage ?*

Elle savait.

Paris, le 29 août 1914

Chère Irène,

[...] *Il y a des moments où je n'en peux plus du désir de vous serrer sur mon cœur.*

Elle n'a pas agité de drapeaux ni crié de hourras au départ des soldats.

Paris, le 6 septembre 1914

Ma douce chérie,

[...] *Si vous ne pouvez travailler pour le présent de la France, travaillez pour son avenir. Bien des gens manqueront, hélas, après cette guerre, il s'agira de les remplacer. Faites de la physique et des mathématiques le mieux que vous pourrez.*

Marie Curie sait que cette guerre sera meurtrière.

C'est une physicienne, elle connaît le pouvoir de la science. Les armes ont fait des progrès.

C'est une pragmatique, les balles, les éclats d'obus, pénètrent dans les corps. Les rayons X permettent de voir à l'intérieur des corps.

Mais pourquoi elle ? Pourquoi une civile devrait-elle se mêler de ce qui relève de la compétence de l'armée ?

— Pierre, mon Pierre, tu es là calme comme un pauvre blessé qui se repose en dormant la tête enveloppée…

Elle aurait pu être infirmière, comme beaucoup de ces dames, du monde ou du peuple, qui ont sauvé des vies.

— Il faut que je puisse te dire que j'ai fait mon possible pour me montrer digne de toi…

Infirmière, ce n'est pas assez.

— *The glowing tubes looked like faint fairy lights…*

Elle peut faire mieux ; elle possède un savoir.

Après sa mort, ses deux filles évoqueront cette période de la vie de Marie Curie. Pour expliquer le passage à l'acte de leur mère, Irène évoque son "énergie[2]" et Ève son "intuition[3]". Mais il manque une clé. Il a bien fallu que quelque chose, ou quelqu'un, la mette sur la piste.

La réponse est dans le manuscrit de 1919.

Dès le début de la guerre, de nombreux hôpitaux du Service de Santé, militaires et complémentaires, s'ouvrirent dans toute la France ; vinrent se joindre à eux en nombre considérable les hôpitaux auxiliaires des Sociétés de Croix Rouge et divers autres hôpitaux bénévoles fondés par des Sociétés d'Assistance, des Œuvres ou des personnes généreuses. Dans toutes ces formations sanitaires, l'appareillage radiologique ne se trouvait qu'exceptionnellement ; quand il y en avait un, il était rarement en bon état et en bonnes mains.

Avertie de cet état de choses par des conversations avec le spécialiste éminent, le Dr Béclère, j'ai entrepris en août 1914 de suppléer, dans la mesure du possible, à une lacune qui me semblait très grave.

C'est donc lui qui a attiré son attention sur la radiologie.

Antoine Béclère est l'un des tout premiers médecins convertis au pouvoir des rayons de Röntgen, dès 1897. Dans son tour du monde, "la main de Bertha" fut en effet présentée à l'Académie des sciences à Paris et deux chercheurs reproduisirent l'expérience. Béclère était pédiatre, il assistait à la séance. Comme s'il lisait à livre ouvert, il diagnostiqua aussitôt une tuberculose chez la servante qui se prêtait au jeu de la "photographie par rayons X", comme on disait alors : "Cette voie m'apparut comme le chemin de la Terre promise[4]." Depuis ce jour, Béclère devient le plus grand défenseur de la radiologie dans le monde médical, contre l'avis de ses confrères qui l'accusent de dénaturer sa profession avec un instrument de foire. Il crée sa première installation à ses frais, à l'hôpital Tenon, puis organise un enseignement de radiologie dans son service de Saint-Antoine ; et finira par obtenir – en 1929 ! – que l'usage des rayons X dans un but diagnostique ou thérapeutique par des photographes ou des charlatans soit considéré comme un exercice illégal de la médecine.

Antoine Béclère a cinquante-huit ans lorsque la guerre éclate. Trop âgé pour être mobilisé, il insiste et obtient de servir dans l'armée. Très vite, il tente de faire parvenir des tubes à rayons X sur le front. C'est lui qui participe à la mise au point des deux premières voitures radiologiques militaires qui partiront à la fin du mois d'août. Probablement lui, aussi, qui en transmet les devis à Marie Curie.

Car les freins de l'administration se font rapidement sentir. Joffre est un adepte de l'offensive à outrance. Dans cette guerre de mouvement, tout ce qui n'est pas infanterie, cavalerie ou canons de 75 l'encombre. L'objectif est de dégager des lignes avant tout ce qui pourrait le ralentir dans sa marche forcée. Pour les blessés, la doctrine de l'état-major est expéditive : on évacue. Bandage sommaire, fiche sanitaire épinglée sur la veste souillée et départ vers les hôpitaux de l'arrière – les blessés y seront mieux soignés. L'idée est de "remplir la France par le fond" : les bons chirurgiens sont cantonnés au plus loin de la frontière. Traduite sur le terrain, cette doctrine devient : "On emballe, on étiquette, on expédie[5]." Elle est renforcée par des expériences faites en laboratoire, qui tendent à démontrer que les balles modernes ne provoquent pas d'infections : elles traversent l'air avec une telle vitesse que la chaleur émise durant leur déplacement les rendrait stériles.

Personne n'avait prévu les conditions nouvelles qu'allait imposer cette guerre. La boue. Les mitrailleuses. Les obus. Les morts et les blessés qui se comptent déjà par dizaines de milliers.

Les évacuations se font dans des conditions désastreuses, parfois à même la paille souillée dans des wagons à bestiaux. Les trains sont déviés, arrêtés, pour laisser passer les convois prioritaires qui se rendent au front. Des jours durant, les blessés ne reçoivent aucun soin. L'eau, la nourriture, les couvertures manquent. 80 % des médecins de l'avant ne savent pas opérer. Et ils n'ont déjà plus assez d'antiseptiques, de gants et d'instruments.

Dès les premiers mois de la guerre, le sort réservé aux blessés révolte l'opinion. Malgré la censure, des journalistes, des députés collectent et rendent publics les témoignages de proches de soldats. La doctrine évolue. Mais c'est toute l'organisation sanitaire qu'il faut réformer, ça prend du temps. Au cours de l'été 1915, la Chambre des députés se réunit à huis clos pour débattre d'un rapport qui lui est adressé. Le bilan est terrifiant.

> Nul n'ignore que depuis le début des hostilités nos malheureux soldats sont morts par milliers faute de soins immédiats, les uns d'hémorragie, les autres de plaies viscérales, le plus grand nombre d'accidents infectieux.

> Pour ceux qui ont survécu et dont plusieurs centaines de milliers resteront infirmes, l'examen impartial des faits démontre que plus de 50 % des amputations et des infirmités auraient pu être évitées[6].

Ces débats seront tenus secrets jusqu'en 1929.

Marie Curie n'attend pas de connaître ces chiffres pour s'engager. Béclère l'informe des difficultés qu'il pressent au sein du Service de santé, le besoin est immense et il aura du mal à obtenir officiellement qu'on envisage de le combler.

Avec son style incisif et précis, Marie résumera très clairement, après la guerre, la situation dont elle prend connaissance au début du mois d'août 1914 : "Il était supposé qu'on ne ferait des examens radiologiques que dans les hôpitaux centraux de l'arrière, rien n'avait été prévu pour l'ensemble des hôpitaux et ambulances du territoire et des armées."

C'est donc en parallèle des circuits officiels qu'elle va devoir agir.

LE CHAMEAU

Dans toute opération délicate, il est sage de se parer de légitimité. Marie Curie a obtenu d'Antoine Béclère des informations et une documentation. Il l'a aussi formée à l'application médicale des rayons X – élève douée, on peut le supposer. Ne reste plus qu'à se trouver une couverture.

Assez logiquement, Marie se tourne vers une société de secours dépendant de la Croix-Rouge, l'Union des femmes de France, l'UFF. Entre femmes, on s'entraide, et ce que Marie veut… La voici nommée officiellement directrice technique du service de radiologie de l'UFF.

Durant toute sa vie scientifique, Marie Curie s'est attachée à mettre au point des outils performants qui allaient s'avérer fort utiles pour d'autres chercheurs. Son radium permettra de percer les secrets de l'atome (pour cette découverte elle reçut son premier prix Nobel, de physique) ; le procédé qu'elle mit au point pour l'isoler sera utilisé dans le monde entier (pour cela elle reçut son second Nobel, de chimie) ; et son laboratoire deviendra entre les deux guerres un lieu d'échange et d'enseignement pour toute une génération de physiciens (parmi lesquels sa fille aînée, Irène, et son gendre, Frédéric Joliot, futurs prix Nobel eux aussi). Elle a l'esprit pratique, concret, et ces deux pieds ancrés dans la réalité lui ont permis d'atteindre des sommets.

Elle commence par regarder autour d'elle. Dans son laboratoire, comme chez beaucoup de ses confrères de l'Université, il y a du matériel qui ne demande qu'à être utilisé. Les rayons X sont un instrument de recherche, il suffirait de les déplacer pour en faire un instrument de soin. Elle va donc recenser tous les équipements disponibles, chez les chercheurs, les professeurs, mais aussi dans les cabinets de radiographie installés en ville. La mobilisation a vidé Paris de ses hommes en âge de combattre, un nombre important d'installations est "sans emploi". Elle les propose à l'UFF et part les installer elle-même dans les dispensaires de la Croix-Rouge, à Paris et en banlieue. Les blessés ne sont pas encore arrivés, le matériel est prêt.

"M'étant mise en relation avec le Service de Santé, j'ai pu, de plus, obtenir la disposition de quelques appareils réquisitionnés dans un magasin allemand abandonné." Pour l'anecdote, ces appareils de la maison Breslauer, réquisitionnés pour la durée de la guerre, lui vaudront quelques soucis. Dès 1915, un expert sera chargé par le tribunal d'instance de les évaluer[1] et le matériel lui sera réclamé à la cessation des hostilités[2]. Entre-temps, les instruments de radiologie auront servi plus de quatre ans dans un hôpital de guerre et permis l'examen de milliers de blessés, ils sont détériorés et ont perdu toute valeur… Mais cela, ce sont les joies de l'après-guerre, pour l'instant nous ne sommes que dans la première quinzaine d'août 1914 et Marie a déjà bien avancé.

L'Arcouest, mardi 11 août 1914

Douce chérie,

[…] *Je suis contente que tu aies trouvé à*

t'occuper dans la radiographie médicale. Je ne puis rien faire ici, alors je fais un peu d'arithmétique avec Ève et un peu de mathématiques.

Irène

Paris, le 17 août 1914

Ma chère Irène,

J'ai reçu ta lettre où tu insistes pour revenir [...]. *Je comprends très bien ce désir et je t'autoriserai peut-être à le réaliser, mais je te prie d'attendre encore un peu. Ne crois pas qu'il soit facile de faire œuvre utile dans les premières semaines. On cherche, on tâtonne, on s'organise et je ne saurais pas t'occuper. Je me suis donné beaucoup de mal pour une organisation dont je ne sais pas si elle apportera quelque résultat positif.*

Pour que l'opération réussisse, il faut adjoindre au matériel du personnel capable de l'utiliser. Parmi les responsables des dispensaires de l'UFF, beaucoup ne sont pas compétents, la radiologie n'est pas encore entrée dans la pratique médicale. Qui serait plus apte à ces postes que des scientifiques ? Elle-même n'a-t-elle pas acquis très rapidement auprès du Dr Béclère la technique nécessaire à un examen radiologique précis des blessés ? Pour cela, il faut quelques connaissances en arithmétique et en géométrie, une capacité d'apprentissage et un peu de bonne volonté. Les hommes de son équipe ont tous été mobilisés. Il ne reste que son mécanicien de laboratoire, Louis Ragot, réformé pour grave lésion cardiaque. Ce travail n'est pas pour lui, son heure n'est pas encore venue. Les professeurs de la Sorbonne et de l'École normale, en revanche, ne sauraient rien refuser à celle que ses élèves surnomment "la patronne" – quand ce n'est pas "le chameau[3]".

Une petite bande d'honorables messieurs ayant atteint la limite d'âge des mobilisables se retrouve sur les bancs de l'école. Dans son laboratoire, Marie Curie leur enseigne sa toute nouvelle science. Et les envoie à l'hôpital.

Revenu de l'Arcouest, Jean Perrin est embarqué dans l'aventure. Tout comme Émile Borel, qui tombe la toge.

MONSIEUR RAGOT

Il est cardiaque. Et elle, c'est un chameau.

On sait peu de chose sur leur relation, cela permet de laisser naviguer son imagination.

— Dites-moi, monsieur Rragot, vous n'avez rrien à fairre ?…

Oui, Marie roule les *r*. C'est ce qui lui reste de sa Pologne.

Là-bas, elle a appris à parler le français, l'allemand et le russe. L'anglais lui est venu plus tard. *The glowing tubes looked like faint fairy lights*, elle apprend vite. Mania savait lire avant d'aller à l'école : elle avait compris seule, à quatre ans, en regardant sa grande sœur répéter son alphabet. Mais le polonais, sa langue natale, elle n'avait pas le droit de le parler en classe. Son pays était coupé en deux, une moitié russe et l'autre allemande. Elle est née côté russe.

Dans la petite école, les professeurs, polonais, enseignaient clandestinement aux élèves l'histoire de leur pays. Dans la grande, ils étaient tous des émissaires du tsar. “Les professeurs russes, parce qu'ils voulaient détruire la nation polonaise, traitaient leurs élèves en ennemis, écrit Marie Curie dans son autobiographie[1]. Espionnés en permanence, les enfants savaient qu'une seule conversation en polonais, ou la moindre imprudence, pouvait avoir des conséquences terribles, non seulement pour eux-mêmes, mais aussi pour leurs familles. Dans cet environnement hostile, ils perdaient toute joie de vivre, et sur leurs épaules d'enfants pesait très tôt le poids de la défiance et de l'injustice. Mais cette oppression ne fit qu'exacerber le sentiment patriotique de la jeunesse polonaise.”

Rebelle.

Marie n'a pas appris le respect du pouvoir, celui dans lequel elle a grandi n'était pas respectable. La clandestinité, elle y est habituée. Si, pour faire ce qui lui semble juste, elle doit tromper les autorités, cela ne fera que lui rappeler ses jeunes années.

— Eh bien, monsieur Rragot?

En quelques jours, Marie a pris la mesure de la situation. Tous les appareils qu'elle a pu débusquer sont installés et leurs opérateurs bénévoles formés. Ses déplacements dans les hôpitaux de la région parisienne lui ont permis de mener son enquête. Et cette enquête… "me convainquit que, devant la pénurie de matériel, de personnel et la dispersion des formations sanitaires auxiliaires, il y avait lieu de desservir celles-ci par un poste mobile. Je fis établir alors, avec le concours de l'Union, la première voiture radiologique auxiliaire…"

— Vous êtes bien mécanicien, monsieur Rragot?

C'est ainsi que Louis Ragot, mécanicien de laboratoire, fit sa reconversion dans l'automobile. Entre le réglage d'instruments de précision et l'aménagement d'une voiture de vingt chevaux, la nuance est de taille. Mais Marie ne va pas se laisser arrêter par des détails.

Elle étudie les plans des véhicules militaires et les adapte à son propre usage. Une voiture trop lourde est inutile et sera difficile à trouver. Encore une fois, il faut faire avec ce qu'on a. C'est donc une voiture ordinaire qu'il convient de transformer : démonter la carrosserie, conserver le châssis, y remonter une caisse de camionnette. Suffisamment grande pour y ranger le matériel. On fabriquera des boîtes, à la bonne taille et capitonnées : rien ne sera endommagé lorsque la voiture roulera sur des voies cabossées. Pour le courant nécessaire à l'alimentation de l'appareil à rayons X, dans des zones où l'on n'est jamais certain de trouver de l'électricité, le groupe électrogène prévu pour les voitures militaires du Dr Béclère est cher et encombrant. Une dynamo fera l'affaire. Branchée au moteur de la voiture et reliée par un câble à l'appareil de radiographie. La camionnette est déjà pleine ? On la mettra sur le marchepied... Allez, Ragot, au boulot !

L'offensive de Joffre vers l'est n'a pas donné les résultats qu'il escomptait. Les troupes allemandes, qui appliquent elles aussi leur plan, le contournent. Par le nord.

Et le débordent.

Paris, le 29 août 1914

Chère Irène,

J'ai peur que tu ne t'inquiètes à cause de ma

lettre d'hier. Tu sais, rien ne prouve que nous serons coupées, mais je tenais à te dire qu'il faut être prête à toutes sortes d'alternatives. On ne sait pas ici comment aura lieu l'avance des Allemands [...]. *Paris est si près de la frontière qu'ils pourraient bien en approcher.*

[...] *mon préparateur, Holweck, le grand blond, est au front.*

[...] *Je t'embrasse tendrement ainsi qu'Évette.*

Ragot malmène son cœur au milieu des boulons, sous la pointilleuse supervision de Mme Curie. Un moteur, c'est moins complexe qu'un atome.

Marie doit aussi faire la liste du matériel que devra emporter la voiture[2]. Un inventaire à la Prévert.

4 sacs. 4 rideaux.
Tablier, gants, lunettes.
Torchons.
Crayons. Gomme.
Mètre, compas, règle et équerre.
Fil à plomb. Chalumeau.
Papier calque et papier écolier.

L'Arcouest, samedi 29 août 1914

Ma douce chérie,

Je n'ai rien de spécial à te dire, sinon que j'ai fait aujourd'hui une bien jolie variation de fonction donnée à un examen :

$$y = \frac{3x - 2}{x - 1} + L. (x^2)$$

Naturellement j'ai confondu, de temps en temps, les logarithmes népériens et les autres, mais je m'en suis tirée tout de même. Si je t'écris un mot chaque jour, même quand je n'ai pas grand-chose à écrire, c'est que je pense que cela doit te faire plaisir d'avoir chaque jour un mot de ta fille, même quand ce n'est pas très intéressant, n'est-ce pas ma douce chérie ? Cela me fait plaisir aussi de t'envoyer un mot chaque jour, au lieu de t'embrasser dans ton lit, comme quand nous sommes ensemble.

Irène

Pour protéger la capitale, Joffre a battu en retraite.

Ciseaux, burette, tournevis, pince.

Paris, le 31 août 1914

Ma chère Irène,

Je viens de recevoir ta douce lettre de samedi et j'ai une si grande envie de t'embrasser que j'ai manqué d'en pleurer.

[…] *Les choses ne vont pas très bien et nous avons tous le cœur gros et l'âme inquiète. Nous avons besoin d'un grand courage et j'espère que nous n'en manquerons pas. Nous devons garder l'espoir ferme qu'après les jours mauvais, le beau temps reviendra. C'est dans cet espoir que je vous serre sur mon cœur, mes filles bien aimées.*

Mé

Bâche. Toile cirée. Tabouret.
Porte-voix.

Le gouvernement français s'est replié à Bordeaux. Pas Marie. Les filles sont en sécurité. Mais quand les reverra-t-elle si Paris est occupé ?

Cric. Pompe. Démonte-pneus. Pinces et clés. Clés plates, clés tube, clés à molette.

Les nouvelles du front sont mauvaises.

Câble, 25 mètres sur dévidoir.
Interrupteur à turbine.
Tableau de commande.
Rhéostat portatif.

Et de l'Arcouest aussi souffle un vent mauvais.

Boîte de lampes de rechange.

Joséphine et Valentine, les nounous polonaises qui s'occupent des filles pendant les vacances, font l'objet d'attaques. Leur accent étranger attise les rumeurs. Irène est en première ligne.

L'Arcouest, jeudi 3 septembre 1914

Mé chérie,

[...] *on dit que je suis une espionne allemande. On dit aussi que, quand je sors le matin avec un petit seau pour mettre des mûres, je suis en train d'aller porter à manger (dans le petit seau) à un espion allemand caché. On dit aussi que je suis* un *Allemand déguisé en femme, etc. Naturellement, je ne l'apprends qu'indirectement.*

Hyposulfite de sodium. Sulfite de sodium. Diamidophénol.

Ici, on dit que des cavaliers prussiens ont été aperçus à dix-sept kilomètres de la capitale.

Paris, le 6 septembre 1914

[...] *J'ai été désolée d'apprendre que tu as eu des ennuis au sujet de la nationalité. Ne prends pas ces choses trop à cœur, mais fais de ton mieux pour éclairer les gens à qui tu as affaire. Pense aussi que, non seulement tu dois supporter avec patience ces petites misères, mais que c'est même ton devoir de protéger Joséphine et Valentine qui sont étrangères. Ce serait ton devoir même si elles étaient allemandes, car, même en ce cas, elles ont le droit de séjourner en Bretagne.*

[...] *À vous trois, vous mettrez à la raison les imbéciles et les inconscients.*

[...]

Ta mère

Ce jour-là, 6 septembre 1914, la bataille de la Marne vient de commencer.

Foch soutient Joffre dans une contre-offensive audacieuse et lance sa phrase historique : "Ma droite est enfoncée, ma gauche cède, tout va bien, j'attaque !" Gallieni leur envoie des renforts dans ses fameux taxis.

Plaques photographiques. Radiochronomètre.

La voiture est prête.

"Cette petite voiture à carrosserie ordinaire, ne portant que l'appareillage strictement nécessaire, a, sans aucun doute, laissé de nombreux souvenirs dans la région parisienne, racontera Marie[3]. Elle a assuré à elle seule le service du camp retranché de Paris pendant la plus grande partie de la guerre, en particulier lors de l'affluence des blessés qui se produisit en septembre 1914 à la suite de la bataille de la Marne."

Chapeau, monsieur Ragot.

PRIÈRE DE FAIRE SAVOIR À MADAME CURIE

Les ennuis ont commencé très tôt.

Dès la fin d'août.

Les premiers à s'émouvoir sont les responsables de l'Université.

Dans son empressement à récupérer tous les appareils à rayons X qui se trouvent à sa portée, Marie Curie a offert les siens. Ceux de son laboratoire. Qui ne lui appartiennent donc pas.

Ils seraient utiles à l'asile de convalescence de Saint-Maurice, en région parisienne, qui vient d'être transformé en hôpital militaire. Mille deux cents lits. Et pas de radiologie.

À la mi-août, tout est organisé. Le responsable de Saint-Maurice écrit à Marie : "La maison vous ferait prendre vos appareils par une voiture. Elle mettra à votre disposition ce qui semblera le mieux comme salle[1]."

Mais le 31, Marie reçoit ceci :

Cabinet du secrétaire de
la Faculté des Sciences, Université de Paris.

Madame,

Monsieur le Recteur écrit à Monsieur le Doyen : "Il est absolument impossible que le Laboratoire de Madame Curie, ou la Faculté des Sciences, ou l'Université contribue à la dépense qu'entraînerait l'installation d'un service de radiographie à l'asile des convalescents de Saint-Maurice.

Il importe que M. le Directeur de l'asile en soit informé aussitôt.

J'ajoute que les appareils de radiographie du Laboratoire de Madame Curie seront peut-être plus utiles à Paris même."

Veuillez recevoir, Madame, l'assurance de mes sentiments dévoués[2].

Obtempéra-t-elle ?

Si l'on en croit quelques échanges de lettres à l'issue de la guerre, on peut en douter. Les responsables de Saint-Maurice lui rendront bien alors les appareils de radiologie qu'elle leur avait confiés. Soit, par un tour de passe-

passe, elle leur en avait fourni d'autres, soit c'étaient ceux de son laboratoire.

Les déplacements commencent, eux aussi, à poser des problèmes. La bataille de la Marne a été victorieuse mais le front s'est rapproché. On ne circule pas librement sur un territoire en guerre. Or Marie compte bien étendre son champ d'action, sa voiture lui ouvre des horizons.

À la mi-septembre, elle demande de l'aide à Suzanne Pérouse, la présidente de l'UFF. Sur une lettre à en-tête de la Croix-Rouge française, celle-ci intervient : "Il est de la plus haute importance que Madame Curie, inspectrice du Service de radiographie de l'Union des Femmes de France, possède un laissez-passer lui permettant de se rendre en automobile dans les hôpitaux auxiliaires de la société situés dans le camp retranché de Paris, pour surveiller l'installation et le fonctionnement des appareils de radiographie[3]."

Mais l'armée ne délivre pas de tels sésames. Les autorisations ne peuvent être que limitées, valables quelques jours, pour une destination donnée. Et elles sont rares.

Marie ne lâche pas. Elle frappera de bureau en bureau, jusqu'à la porte du généralissime.

Ministère de la Guerre
Cabinet du Ministre

Madame,

Vous avez bien voulu m'exprimer le désir de vous rendre aux armées, dans la zone de l'arrière, pour mettre à la disposition des hôpitaux d'évacuation un matériel de radiographie transportable.

Tout en vous remerciant personnellement de cette offre généreuse, je dois vous dire qu'il appartient exclusivement à M. le Général Joffre, de qui relève le commandement de la zone des armées, d'examiner votre demande : je l'ai prié de vouloir bien le faire avec tout l'intérêt que j'y attache.

Je ne manquerai pas de vous aviser aussitôt que possible de la réponse du généralissime, que je souhaite favorable.

Agréez, Madame, l'hommage de mon respect[4].

Sans succès.

Chaque voyage nécessite un tombereau de papiers. Demande écrite officielle de l'UFF : "Je certifie que l'automobile n° 686-X-9 est affectée à transporter des appareils de radiographie à Verdun. Ces appareils sont sous la direction de Madame Curie." Date, signature, tampon. Réponse écrite du Service de santé : "Le Médecin Inspecteur général Directeur ne voit aucun inconvénient à ce qu'il soit accordé à Madame Curie un laissez-passer lui permettant de se rendre à Verdun." Date, signature, tampon. Suivie de l'obtention, aléatoire, de l'autorisation de circuler, au Grand Quartier général des armées.

Tout cela prend du temps. Trop de temps.

Dans l'éreintante correspondance commencent à se glisser les premières lettres de remerciement.

Pantin, le 12 octobre 1914
Hôpital auxiliaire n° 119

[...] *Grâce à vous, Madame, la tâche si aride de notre cher Docteur et de ces Messieurs les Majors est facilitée, un grand nombre de blessés radiographiés ici sont en bonne voie de guérison ; plus de deux cent cinquante blessés sont passés déjà à notre hôpital.*

La radiographie est utile. Elle aide à mieux soigner.

Alors il faut biaiser. Faire venir la demande directement des intéressés.

Creil, 30 octobre 1914

Le Médecin Principal de 2e classe Munschina certifie qu'il serait très utile pour le bon fonctionnement de l'hôpital d'évacuation no 16 que toutes facilités soient données à Madame Curie pour installer à Creil un service provisoire de radiographie[5].

Parfois ça marche.

Marie enrage. Ce jeu du chat et de la souris l'épuise et la cuirasse dans le même temps. Comme les interdits de son enfance.

"Il était abondamment prouvé par les résultats obtenus dans les premiers mois que les besoins du développement de la radiologie de guerre étaient urgents et que c'était une question de vie et de mort pour les blessés", écrit

Marie en 1919. Et elle liste, froidement, techniquement, comme elle l'aurait fait dans une note annonçant l'une de ses découvertes à l'Académie des sciences, les services offerts par ce "moyen puissant" que sont les rayons X.

> (1) Ils permettent de découvrir les projectiles qui ont pénétré dans le corps et d'en déterminer la situation exacte en vue de leur extraction.
>
> (2) Ils permettent de mettre en évidence les fractures, même celles qui sont très peu apparentes à l'extérieur, d'en préciser la nature et les particularités et de suivre les progrès de leur guérison.
>
> (3) Ils permettent d'examiner l'état des organes intérieurs : poumons, tube digestif, reins, foie, en vue de découvrir les lésions de ces organes et d'en préciser la nature.
>
> (4) Pendant les opérations chirurgicales qui ont pour but l'extraction des projectiles ou bien le nettoyage d'un foyer de fracture ou encore la réduction et le redressement des fragments d'os après fermeture de la plaie, les rayons X permettent de guider l'opérateur à la manière d'une vision directe,

d'où augmentation considérable de la sécurité et du succès des opérations et diminution du nombre d'opérations où le résultat est manqué ou médiocre.

Que faut-il faire pour qu'ils comprennent? Cette guerre déchiquette les corps et elle a un outil qui pourrait les sauver.

— Pierre, mon Pierre… la blessure commence là, et on peut voir l'os au-dessus du front à droite qui a sauté. Oh! comme tu as eu mal, comme tu as saigné…

Puisqu'elle ne peut se soumettre, elle va devoir tricher.

Elle se fait prendre la main dans le sac le 5 novembre 1914.

Deux semaines plus tôt, elle écrit à Jean Danysz[6]. Elle le connaît depuis près de dix ans. Élève brillant, d'origine polonaise. Lorsqu'il est arrivé à son laboratoire, c'était encore leur laboratoire, son Pierre était vivant. Il est devenu leur préparateur, a fait une thèse remarquée, puis est parti la remplacer à la tête du laboratoire de radioactivité qui s'ouvrait à Varsovie et qui la réclamait. C'est là que la guerre l'a trouvé.

Porte-drapeau au 28e RI – régiment d'infanterie de l'Armée française –, sous-lieutenant, il a trente ans. Il se bat dans la Marne. Marie a besoin de lui.

Elle veut aller au front, là où les hommes tombent.

J'ai une voiture à rayons X toute prête à partir et vous prie de me dire si au courant de votre tournée vous avez eu connaissance des besoins de ce genre. Vous pourriez indiquer à votre état-major la possibilité de faire venir cette voiture en m'envoyant une demande à mon domicile, avec laquelle j'obtiendrais l'autorisation de partir. Je vous signale ceci car il paraît qu'aux armées on désirerait dans les services de santé plus de voitures à rayons X que l'on en a pour l'examen des blessés.

Contourner les autorités ? Jean Danysz est partant. Il fait passer la demande à quelqu'un en qui il a confiance et qui ne peut que l'appuyer : le médecin de son unité. Naïveté ? Celui-ci joint au courrier officiel qu'il adresse à ses supérieurs une copie de la lettre de Marie Curie.

Le 28 octobre 1914

Le Médecin Major de 2e classe, chef de service au 28e RI,à Monsieur le Médecin divisionnaire, 6e Division

J'ai l'honneur de vous adresser la copie d'une partie de la lettre envoyée par Madame Curie au sous-lieutenant Danysz. Madame Curie souhaite ardemment être mise à la disposition d'un service de l'avant. Je pense qu'elle pourrait, peut-être, être employée dans les ambulances du 3e corps d'armée et ai répondu que l'emploi des rayons X ne pouvait être envisagé dans un service régimentaire.

Le 31 octobre, le médecin divisionnaire passe à son supérieur.

"Vu et transmis avec avis favorable." Jusqu'ici, tout va bien.

Le même jour, celui-ci passe à son supérieur. Le ton change.

Vu et transmis pour la suite à donner à M. le Médecin Inspecteur supérieur du Service de Santé de la Ve armée. Signé : le Médecin Inspec-

teur directeur du Service de Santé du 3e corps d'armée.

Le dossier délicat atterrit au GQG. Qui répond, le 2 novembre. Note dactylographiée no 981. Signée du "Médecin Inspecteur Chef supérieur du Service de Santé".

Les radiographes envoyés à la Ve armée ayant toujours reçu leur affectation par les soins du Ministre, il y a lieu de prier le correspondant de Madame Curie de lui indiquer que c'est auprès du Ministre qu'elle doit solliciter sa désignation pour l'Armée.

Et la note redescend.

Le 4 novembre, au médecin inspecteur directeur du Service de santé.

Fait retour à M. le Médecin principal de 2e classe chef de la 6e Division, avec prière de se conformer à la note no 981 de M. le Médecin de l'Armée.

Le lendemain, au naïf médecin du régiment d'infanterie, d'où tout était parti.

Transmis à M. le Médecin Major chef de service au 28e RI, avec prière de faire connaître à M. le lieutenant Danysz que Madame Curie doit s'adresser directement au Ministère de la Guerre.

M. le lieutenant Danysz n'eut jamais la missive. Il était mort depuis deux jours. Une balle dans la poitrine en donnant l'assaut, porte-drapeau.

FORT PEU RÉGLEMENTAIRE

Danysz. Et maintenant Laborey, le boursier de l'année. Scheueur, aussi, "dans le camp adverse[1]". Ses élèves meurent.

Mort pour la France, mort pour l'Allemagne.

Les archives ne racontent pas tout. La peine, la colère, les échecs, les doutes se lisent entre les lignes plus que noir sur blanc. Que reste-t-il alors pour tenter de comprendre une vie ? Les actes.

"The first results of this work showed that it was necessary to do more[2]."

Faire plus. C'est la réponse que Marie Curie jette à la face de l'absurde.

Depuis octobre, elle s'est façonné un allié. Le Patronage national des blessés a les atours de l'honorabilité. Cette œuvre d'assistance, créée au troisième mois de la guerre, est présidée par un membre de l'Académie française, grand patriote, Ernest Lavisse, et truffée de noms illustres, bâtonnier, sénateurs, industriels, banquiers. Avec, en prime, un pasteur et un rabbin. Au-dessus de tout soupçon.

Mais Lavisse n'est pas seulement l'académicien qui, dans un manuel tiré depuis trente ans à des millions d'exemplaires, inculque aux écoliers le respect et l'amour de la France ; il est aussi le directeur de l'École normale. Et donc le supérieur direct d'Émile Borel. Qui, lui aussi, fait partie du bureau directeur de ce Patronage.

À la vice-présidence, on trouve Émile Roux, le médecin qui a accompagné Pasteur dans toutes ses découvertes fondamentales liées aux maladies infectieuses, jusqu'au vaccin contre la rage ; puis isolé, avec son élève Yersin, la toxine responsable de la diphtérie, qui tue chaque année plusieurs dizaines de milliers d'enfants ; et mis au point le sérum capable de la contrer. Depuis dix ans, il a renoncé à ses recherches pour se consacrer à celles des autres. Il dirige l'Institut Pasteur. Il vient d'offrir à Marie Curie un laboratoire digne de ce nom, le premier de sa vie. Le pavillon Curie, 1, rue Pierre-Curie.

Parmi les membres du Patronage, il y a aussi Suzanne Pérouse, la présidente de l'UFF, qui soutient Marie dans son combat pour la radiologie depuis les premiers jours, et Paul Appell, le recteur de l'Académie des sciences. Lui la connaît depuis son arrivée en France, il fait partie des professeurs qui ont enchanté sa vie d'étudiante. "Je prends le soleil et je le lance[3]...", clamait-il dans les amphithéâtres... Dreyfusard de la première heure, comme toute la famille Curie – "Ce sont encore les militaires qui ont fait une bêtise et ne veulent pas l'avouer[4]", avait tranché Eugène, ce qui avait clos le débat, bien avant qu'il ne divise la France. Il est aussi le beau-père d'Émile Borel – qui a épousé sa fille aînée, Marguerite, plus connue sous son nom de plume, Camille Marbo.

Paul Appell a toujours protégé Pierre dans sa vie de chercheur, était là lorsqu'il fallut annoncer son décès à Marie, s'est battu pour qu'elle obtienne et accepte sa chaire de professeur à la Sorbonne, une révolution dans ce monde d'hommes.

Lavisse, Borel, Roux, Pérouse, Appell. Des hommes de paille pour couvrir les activités de Marie Curie ? Au vu de leurs profils, plutôt des complices. Les statuts de l'association prévoient que le Patronage a "pour but de s'occuper de tous les problèmes relatifs aux blessés et d'en chercher la solution en coordonnant les efforts de tous[5]". Dans la pratique, son action va se concentrer sur un problème : la radiologie. Et une solution : Marie Curie.

Marie est nommée directrice bénévole de ce service, qui drainera la quasi-totalité des fonds privés levés par l'association. 700 000 francs sur l'ensemble de la guerre : l'équivalent de près de 2,3 millions d'euros[6]. Lavisse informe par écrit les donateurs de l'orientation qu'a prise le Patronage : "Nous travaillons activement, en étroit accord avec le Service de Santé, à l'extension de notre *Œuvre Radiologique*[7]."
Déguisée en Patronage national des blessés, la femme, la civile, l'étrangère est parvenue à s'insinuer dans les rouages de l'armée.

"Notre voiture n° 3 est à la disposition de l'armée, annonce le Patronage dans son rapport du 10 avril 1915. Nous équipons trois nouvelles voitures. Nous nous occupons d'une quatrième, destinée à l'armée belge. D'ici peu, nous aurons donc monté 14 postes fixes et 10 mobiles."

Par "nous", il faut bien sûr comprendre : le Patronage pour le financement, Marie Curie pour les mains dans le cambouis.

Et on reconnaît bien son style dans ce rapport d'activité, qui précise "les caractères distinctifs de notre œuvre : *spécialisation scientifique de l effort, importance du rendement*". Pragmatique toujours : "pour une dépense relativement modique, nous assurons le salut de milliers de blessés".

Suivent des témoignages, dont les archives[8] révèlent que c'est à Marie qu'ils furent adressés : "De nombreux médecins nous ont confié la douleur qu'ils éprouvent à se voir dépourvus d'un moyen sûr de réduire la souffrance et de prévenir les mutilations ou les infirmités. Pour nous borner à un seul exemple, nous citerons le cas d'un hôpital voisin du front qui a dû évacuer, sans examen radiologique, plus de 15 000 « grands blessés »."

Et un appel aux bonnes volontés : "Nous rappelons que l'on peut nous apporter une aide efficace en nous donnant, en nous prêtant pour la durée de la guerre, en nous cédant à prix réduit l'ensemble ou des parties d'un appareillage radiologique et des automobiles d'une puissance d'au moins 10 HP." HP, c'est-à-dire *Horse Power*, les chevaux-vapeur.

Marie Curie a financé en partie les premières installations, le Patronage arrive à temps pour prendre le relais. Le constructeur Panhard et Levassor assure la réparation d'une voiture, Peugeot en donne trois, Renault une.

Les particuliers seraient plutôt prêteurs. "Je vous la rendrai après la guerre[9]", argumente Marie. Elle ne précise pas dans quel état. La marquise de Ganay cède une Renault de vingt-deux chevaux. La comtesse de Pourtalès et Mme de Polignac font affaire ensemble : la première prête un châssis, la seconde une carrosserie. Par une loi de la physique inconnue jusqu'alors, Marie Curie aspire dans son laboratoire les voitures qui reposaient, sous une jolie bâche, dans les garages des châteaux. Delahaye, Rochet-Schneider, Cottin-Desgouttes, Lorraine-Dietrich… champs de cour-ses, opéra et salons parisiens.

Une par une, Marie assemble les pièces disparates de son puzzle. Les adapte façon guerre. Et les envoie au front.

Là-bas, les soldats leur donneront un nom : “les Petites Curie”.

Elle en garde une pour son usage personnel : “une Renault à nez plat, carrossée comme un camion de livraison. Roulant sur ce char, dont la caisse, d’un gris réglementaire, s’orne d’une croix rouge et d’un drapeau français peints à même la tôle[10]”, Marie Curie s’élance.

À cinquante kilomètres à l’heure.

“Quand l’état de la route le permet[11].”

Les premiers télégrammes apparaissent au détour d’une page : ATTENDONS IMPATIEMMENT RADIOGRAPHIE. Ils sont enfouis dans un fouillis de notes, griffonnées sur des morceaux de papier. “Pilules Moussette, Antinévralgiques”, “Sirop Auberger au Lactucarium” : c’est un vieil agenda publicitaire médical qu’elle a récupéré. Elle y écrit à la va-vite les manques qu’elle devra combler, dans tous les hôpitaux où elle passe. “HOE[12] Lespinoy, 1 200 lits. Un appareil Gaiffe. Table Radiguet. Besoin de câbles grand isolement.” Montdidier, “envoyer un flexible”.

Les appels en urgence sont l'occasion d'un état des lieux. Lorsqu'une installation existe, elle la complète ; lorsqu'il n'y en a pas, elle la crée.

Voici comment était disposé un de ces voyages : l'amorce était fournie généralement par une demande venant d'un médecin ou d'une infirmière avec qui je me suis trouvée en relation ou qui avaient entendu parler de mon travail de guerre. Me procurant les autorisations nécessaires, je me rendais sur place avec une voiture radiologique. Ayant rapidement installé mes appareils, je procédai[s] avec le concours des médecins à l'examen de tous les malades pour la localité et dans les environs. En même temps, je recueillais tous les renseignements et j'examinais toutes les possibilités d'installation. Je causais avec les chefs, je demandais des autorisations, je m'en passais quand cela semblait préférable, je donnais des explications, je prenais des arrangements. Revenue à Paris, j'expédiais des appareils selon les décisions ainsi prises et je me rendais sur place pour installer ces appareils, car le personnel compétent faisait défaut.

L'installation ayant été faite par mes soins et en partie par le travail de mes mains, il me restait à choisir une personne capable d'en assurer le fonctionnement et à la mettre au courant de tous les détails. Ceci représentait plusieurs jours de travail intensif, au bout desquels les blessés avaient tous été examinés, le manipulateur était suffisamment formé et je pouvais revenir à Paris avec de nouveaux projets formés pendant mon séjour dans la localité.

En trois mois, de la mobilisation à la création du Patronage national des blessés, Marie Curie s'est donné les moyens d'aller sur le terrain. Réseau, financement, matériel, elle a façonné l'outil qui va lui permettre de mener à bien ce qu'elle appelle désormais "mon travail de guerre".

Et on la voit passer, sur les routes cabossées.

Son neveu Maurice, le fils du frère de Pierre, lui écrit de Vauquois, où il est artilleur :

Irène me dit que vous étiez aux alentours de Verdun. Je plonge le nez dans toutes les automobiles sanitaires qui passent sur la route, mais je ne vois jamais que des képis très galonnés, et je ne pense pas que l'autorité militaire ait voulu régulariser la situation de votre coiffure, fort peu réglementaire[13]...

TOI ET MOI, IRÈNE

Chères enfants,

Nous voici arrivés à Amiens, où nous avons couché. Nous n'avons eu que deux pneus d'éclatés.

Bonjour à tous.

Mé[1]

Sur sa route, Marie sème des cartes postales. Cette fois Jean Perrin l'accompagne, ils sont partis à deux voitures. L'une d'elles restera sur place jusqu'à la fin de la guerre pour assurer les examens radiologiques des blessés de la région.

Arrivés à Abbeville, Jean Perrin, avec sa voiture, a rencontré un arbre. Heureusement, pas grand mal. Continuons sur Boulogne.

Mé

Depuis la mobilisation, Irène trépigne. Elle veut rejoindre sa mère.

La litanie commence le 3 août : "Chérie, je sais bien que ce n'est peut-être pas raisonnable mais mon seul désir est de revenir. Je n'ose même pas dire cela à quelqu'un ici, car tout le monde dirait que c'est une folie et que je ne servirais qu'à encombrer et pourtant je ne sais pas ce que je deviendrais si je devais être ici pendant toute une guerre. Je voudrais bien te voir, ma chérie."

7 août : "Voudrais-tu m'autoriser à partir seule, pour Paris, tout de suite ? On est très bien ici ; mais tout mon plaisir est gâté par la pensée que je ne puis rien faire d'utile."

13 août : "J'ai vu dans *Le Temps* un article où un monsieur exprimait l'idée qu'on pourrait employer les femmes dans les bureaux et dans les écoles. Si cette idée était adoptée, peut-être sera-t-il possible que je m'occupe de cette manière."

Marie, qui a déjà raflé les tubes à rayons X de l'Université et s'apprête à lorgner sur les voitures des particuliers, s'efforce de la faire patienter.

17 août : "Laisse-moi me faire une opinion

sur ce que tu peux faire, tout s'arrangera peu à peu. En attendant, prends des forces au bord de la mer, en travaillant pour te distraire."

Mais Irène n'oublie pas ce que lui a dit sa mère, dans sa toute première lettre, avant même la déclaration de guerre.

— Toi et moi, Irène, nous chercherons à nous rendre utiles.

Alors Irène travaille, ses lettres sont couvertes de formules algébriques et de jolies courbes, mais elle ne lâche pas. Dialogue de sourds épistolaire.

— Si tu te décides à rester à Paris et à me permettre de te rejoindre, tâche de savoir ce que je pourrais faire. Je sais par les journaux qu'il y a des cours des "Femmes de France" pour former rapidement des aides-infirmières, mais je ne sais si on y accepterait une jeune fille de mon âge.

— Sois patiente et courageuse, et fais ce que tu peux là où tu te trouves maintenant.

— Tu peux être sûre que je serai courageuse quoi qu'il arrive, mais je te supplie de me trouver à m'occuper. Je suis honteuse d'être là à jouer au tennis et à me baigner.

— Apprends à tricoter la grosse laine et fais un tricot de soldat.

— Je t'en supplie, permets-moi de partir. Je serai bien prudente pour le choix de mon wagon ; je me procurerai mon permis de départ à la mairie ; je ferai tout ce qu'il faudra…

L'avancée des troupes ennemies sur la capitale n'arrête pas l'enfant qui harcèle sa mère pour qu'elle lui dise oui.

6 septembre : "Je ne sais pas s'il sera encore possible de rentrer à Paris quand cette lettre t'arrivera. Si c'est possible, je te supplie de me le permettre."

À Paris, les nouvelles sont plus alarmantes. Les taxis de la Marne, chargés de soldats, quittent la ville en file indienne. Marie redoute d'être séparée longtemps de ses filles. Le jour où Irène lui adresse sa supplique – écrivaient-elles en même temps, l'une à l'Arcouest, l'autre à Paris ? –, elle lui confie sa peine.

Je souffre de penser que je ne pourrai probablement pas t'embrasser le 12 septembre à ton anniversaire déjà proche. Songe que ma pensée ne te quittera pas ce jour-là et que je compte bien rattraper le temps pendant lequel je suis privée de toi. Je sens combien tu es déjà devenue pour moi une compagne et une amie. Aussi je te demanderai de revenir dès que cela semblera raisonnable.

Elle lui ressemble tant. Déjà, quand elle était petite…

“… je rêvais, mon Pierre, et je te l’ai dit souvent, que cette fille qui promettait de te ressembler par la réflexion grave et calme, deviendrait le plus tôt possible ton compagnon de travail et qu’elle te devrait le meilleur d’elle-même. Qui lui rendra ce que tu aurais pu lui donner[2] ?”

Parfois, quand elle la regarde, c’est lui qu’elle voit.

“… nous nous sommes arrêtés aux troncs d’arbres, et tu apprenais à Irène à marcher dessus en mettant les pieds en dehors.”

Et parfois il n’y a rien, que le manque.

“… la perte de ce père pèsera sur son existence, et jamais nous ne saurons le mal que cette perte aura fait.”

Irène est née deux ans après leur mariage, le 12 septembre 1897 – le radium ne brillait pas encore –, à dix heures du soir ; c'était elle, la magie de leurs nuits.

Marie venait de choisir le sujet de sa thèse. Pas les célèbres rayons X de M. Röntgen, qui agitaient les physiciens depuis près de deux ans. Non. Plutôt ces rayons "uraniques" de M. Becquerel, moins extraordinaires dans leur apparence, et pourtant tout aussi mystérieux. Une mort pour une vie, la mère de Pierre les quitte peu après la naissance d'Irène. Ils travaillent beaucoup, le vieux docteur Eugène vient s'installer chez eux. Grand-père s'occupe d'Irène, elle est sa joie de vivre, mais Marie note tout dans un carnet[3] : son poids à la naissance, sa courbe de croissance, ses progrès.

"20 décembre. On commence à habiller Irène avec des culottes." Le 7 janvier, "elle commence à se déplacer toute seule sur le lit en roulant" et, le 24, "commence à prendre les objets avec la main". La première dent – soulignée – pointe le dernier jour de mars, puis à la mi-mai "elle dit ta, ta, ta". Le vocabulaire de la future prix Nobel s'enrichit en juillet, "gogli, gogli go" et au mois d'août "elle joue avec le chat". Tous les petits bonheurs et malheurs d'une enfance ordinaire, marqués à l'encre noire pour qu'ils ne s'enfuient pas. Le premier bain de mer, une grippe, une bicyclette, la scarlatine, la maîtresse de polonais, les vacances pieds nus, l'école, les cours de gymnastique, jeune vie qui défile.

À la douzième page du carnet, avril 1906, "quand je lui ai annoncé la mort de son père, elle était chez Perrin, et d'abord elle n'a pas compris et s'est remise à jouer. Puis elle a pleuré, et l'effet de ce malheur la creuse en dessous." Irène est une petite fille de huit ans et demi, "maintenant elle parle de son Pé et se calme mais je sens qu'il y a en elle quelque chose de nouveau et de profond. Elle me montre le soir une tendresse un peu douloureuse. Le lendemain du premier jour où elle a dormi ici dans mon lit, elle s'est réveillée en me cherchant à côté d'elle avec ses bras et disant d'un voix dolente : « Mé n'est pas morte ? » Pauvre orpheline, pauvre enfant de notre grand amour !"

Et la vie continue, sur le papier. "En 8 leçons", Irène apprend à nager à la piscine municipale, "promenade à bicyclette de 50 kilomètres", certificat d'études. Une page pour trois ans de répit.

“L’année 1909 est celle de la maladie de Grand-Père. Irène s’en occupe, le soigne, reste près de lui.”

À la maison, on évite de parler du passé.

“Quand tout est fini en février 1910, elle est très frappée, sa peine est profonde. Elle a vu son Grand-Père mort et a assisté à son enterrement.”

Irène est grande, maintenant, elle a douze ans et demi.

“Pendant toute l’année d’après, elle pleure souvent, pense à son père, s’inquiète de me perdre aussi, s’attache à moi encore plus qu’avant. Elle souffre et mûrit.”

On a mis Grand-Père dans la tombe de Pé.

“Un jour de printemps, un des beaux jours ensoleillés de 1910, je vois ses yeux se remplir brusquement de larmes à table où nous sommes seules. Je lui demande ce qu’elle a.

— Tu penses à ton grand-père?

— Oui, je pense que lui aussi aimait le soleil et les fleurs.”

Chacune sur un bord du même précipice, depuis huit ans maintenant, la mère et la fille se rapprochent, raccrochent, au-dessus du vide abyssal de l'absence de Pierre.

1911. "Irène est très émotionnée par la publication du *Journal* sur l'affaire Langevin. Elle a vu cet odieux journal en allant au collège et y est restée sans rien dire à personne, mais absorbée comme absente. Puis elle est sortie et a pleuré. [...] Elle me regarde avec adoration, me disant des paroles qui me sont très douces ; mes caresses sont les seules qu'elle aime. Elle dit : « Toi, tu es à part, tu es la seule, l'unique, je suis plus fière de toi que si j'étais fille de reine. »"

Pour ne pas tomber.

C'est son anniversaire.

Samedi 12 septembre 1914

Chère Irène,

C'est aujourd'hui le jour où j'aurais voulu t'embrasser. De loin, je pense à toi avec tendresse et je t'envoie l'image de l'hôpital où je travaille en ce moment. J'espère que nous nous reverrons bientôt, ma douce chérie de 17 ans.

Je t'embrasse de tout mon cœur.

Ta mère

La douce chérie montre les griffes.

L'Arcouest, mardi 15 septembre 1914

Ma chérie,

Je n'ai toujours pas de lettre de toi ce qui m'impatiente fort car je voudrais savoir si tu consens à me faire revenir à présent qu'il n'y a plus grand danger à Paris, à ce qu'il semble du moins.

J'ai eu besoin de savoir ce qu'était le rayon de courbure alors j'ai lâché les différentielles pour étudier le chapitre : enveloppes, courbure. Et là, j'ai eu besoin des coordonnées polaires, alors je me suis décidée à les étudier.

Je t'embrasse.

Irène

Marie cède.

Paris, dimanche 20 septembre 1914

Chère Irène,

Je n'ai pas beaucoup de temps pour t'écrire aujourd'hui, mais je viens de recevoir ta lettre et puisque tu ne peux plus supporter le séjour là-bas, je t'autorise à revenir seule. Emporte ce dont tu as besoin comme vêtements et ta bicyclette si ce n'est pas trop difficile. Si tu peux prendre du bagage, prends le panier recouvert de cuir. On a peu de temps ici pour entretenir ses habits, si donc tu peux, apporte-les.

Je t'embrasse, ma chérie, ainsi que ta sœur. Dis bonjour pour moi à tout le monde.

Ta mère

Irène arrive courant octobre. Un accident dans les rochers, la veille du jour où elle reçoit enfin la lettre libératrice, l'oblige à retarder son départ. Apaisée, elle prend son mal en patience – “Je tricote un cache-nez et je commence à comprendre un peu les équations différentielles” – et décrit avec une certaine forfanterie à sa mère son “opération”.

Ce qui m'amusait le plus c'était les visages du public ; je vais t'en donner une idée. Il y avait Mme Perrin qui me tenait le pied d'une main ferme. Je ne voyais pas son visage, mais sa manche tremblait très fort tandis que sa main restait immobile. Fernand était sorti pour ne pas s'évanouir, parce que mon pied avait une plaie sanguinolente qui le mettait mal à son aise. Francis était pâle comme un linge pour la même raison et il a été obligé de sortir aussi parce que la tête lui tournait. Marguerite n'est venue qu'à la fin parce qu'elle avait peur de se trouver mal. Charlot, cause innocente de tout le mal, était assez pâle aussi, mais il est resté tout le temps. Les autres spectateurs étaient fort émus. Pour mon compte, je m'amusais assez. D'abord je constatais que la vue de mon pied ne me gênait pas du tout et cela m'a fait plaisir car je m'étais souvent demandé si j'étais sensible à la vue du sang. J'ai regardé ma plaie avec beaucoup d'intérêt car on voyait le tendon. J'ai vu aussi comment on mettait des agrafes. Naturellement, à chaque agrafe qu'on mettait (ou qu'on enlevait quand c'était mal posé), je me raidissais pour ne pas crier, mais dans les intervalles, je riais et je bavardais beaucoup mieux que tout mon public réuni.

Je t'embrasse.

Courageuse, insensible à la vue du sang, le message est passé.

Toi et moi, Irène.

1915

LES OFFENSIVES D'ARTOIS PUIS DE CHAMPAGNE, DEUX CENT CINQUANTE MILLE MORTS DANS CHAQUE CAMP. ET LES GAZ DE COMBAT.

DIX-SEPT ANS

Parmi tous les écrits qui attestent la présence d'Irène aux côtés de Marie, il en est un plus joli que les autres[1]. Ce n'est qu'un bout de papier arraché d'un cahier, petite feuille dans la forêt des *Documents concernant la Première Guerre mondiale*. Beaucoup de ratures, quelques schémas, des colonnades de chiffres.

Les écritures de la mère et de la fille s'entrelacent. Laquelle des deux a dessiné ce croquis simplifié d'un tube à rayons X ? Est-ce Marie transmettant son savoir à sa fille ? Ou Irène lui prouvant qu'elle avait bien compris ?

Tout en haut de la page, quatre lignes doublement raturées, curiosité.

Quelques efforts et les mots se dévoilent. "Mon navire avait abordé au port de Carthagène, c'est là que j'ai rencontré celle que mon cœur aime. Et allons ma brunette, allons, allons danser sur le gazon…"

C'est l'écriture d'Irène, bien sûr, et la nostalgie de ces chants de marins que la bande malmène sur le voilier du "Capitaine" – ou un moment de joie qui l'aurait fait renaître.

Juste au-dessous, comme un enfant qui apprend à écrire, "I. Curie I. Curie I. Curie…", huit lignes d'"I. Curie", où la plume et la main s'épuisent à se répéter. Irène teste sa signature, dix-sept ans c'est bien jeune pour partir à la guerre.

Les premières traces de la présence d'Irène sur le terrain apparaissent dans les archives dès novembre 1914.

Au même moment, les deux armées, lancées dans une "course à la mer" pour tenter d'atteindre les ports stratégiques de la mer du Nord, se retrouvent face à face, bloquées sur une ligne de front de sept cents kilomètres. La guerre des tranchées vient de commencer, elle durera plus de trois ans.

Trois pages dactylographiées à l'horizontale, cinq colonnes tracées à la règle : destination, composition de l'équipage, objet du déplacement, moyen utilisé, date. Et un intitulé : *Missions de guerre de Marie Curie dans la zone des armées*[2].

Le document, établi par Marie, recense soixante déplacements, pour examens radiologiques et mises en place d'appareils à rayons X, tout au long du conflit. Le nom d'Irène y apparaît à intervalles irréguliers. En novembre 1914, Saint-Maurice, Creil et Armainvilliers ; Furnes en décembre ; puis, en 1915, Chambéry et Hoogstade ; chaque fois, Irène et Marie sont ensemble. Souvent accompagnées de M. Ragot, qui se transforme en chauffeur lorsqu'il ne joue pas le mécano. Après quelques essais dans le camp retranché de Paris, Marie emmène sa fille vers la ligne de front. Elle l'a formée, testée – insensible à la vue du sang, même celui des autres, les broyés, gueules cassées ? Elle est prête.

Quelle vie mènent-elles, la mère et la fille ? Marie Curie le conte entre les lignes, dans un livre[3] qu'elle publie en 1921 pour vanter les mérites de la radiologie, cette technique "merveilleuse", qui tarde trop pour elle à se répandre à l'issue du conflit. Elle y évoque la "vie des voitures radiologiques" durant la guerre, sans dire "je" ou "nous", comme s'il s'agissait de la vie d'un autre. Car bien des équipages l'ont menée, au volant de ces Petites Curie qui sillonnaient le front, une fois accomplie leur transmutation, non pas chimique mais mécanique, dans le laboratoire de Marie Curie.

Pour goûter toute la saveur de cette narration – où l'on retrouve quelques pièces maîtresses de l'inventaire à la Prévert –, il faut bien peu de chose ; quand elle dit "chauffeur", imaginer "Ragot" ; le "manipulateur" se transforme en "Irène" ; et dans le rôle du "chef", qui lui va comme un gant, la patronne, le chameau, *alias* "Marie Curie".

> Voici la voiture rendue à destination ; elle était attendue avec impatience pour l'examen de blessés nouvellement arrivés à l'hôpital. Il s'agit de se mettre au travail le plus tôt possible. On descend les caisses et les appareils et on les porte dans la salle où on s'en servira. Le chauffeur prépare la dynamo, et établit au moyen d'un long câble (25 mètres suffisent, en général, à tous les besoins) la communication avec les appa-

reils que le manipulateur dispose dans la salle. Avec l'aide d'infirmiers on pose aux fenêtres les rideaux noirs apportés par la voiture, ou les couvertures de l'hôpital. Le manipulateur et son chef, d'un coup d'œil, choisissent la disposition des appareils, ils les placent, ils assemblent les pièces démontables de la table et du pied porte-ampoule, installent l'ampoule et la soupape, établissent les connexions. On remplit la turbine de gaz d'éclairage pris à un tuyau ou apporté par la voiture dans une poche à gaz de 25 litres. Un signe au chauffeur : voici la dynamo en fonctionnement et l'on envoie un courant d'essai dans l'ampoule. Si elle donne satisfaction, tant mieux ; si non, on procède rapidement à un réglage délicat, ou bien on prend une ampoule de secours. On prépare l'écran radioscopique, et toutes sortes de petits accessoires à portée de la main : papier, crayons, gants et lunettes de protection, fil à plomb ; on dispose à l'abri des rayons les plaques et châssis et on place dans le cabinet de photographie les bains qu'on a apportés ; quelquefois le cabinet lui-même doit être préparé avec des rideaux.

Enfin tout est prêt. Si l'on n'a pas eu de déboires et si l'on se trouve dans un endroit connu, l'installation a pu être faite en une demi-heure. Il est rare qu'elle demande une heure.

— C'est mieux, Irrène, mais tu peux fairre plus vite…

C'est le moment de se mettre au travail avec les médecins et les chirurgiens de l'hôpital ou de l'ambulance. On apporte les blessés sur des brancards ou bien l'on fait venir ceux qui sont moins atteints. On fait les examens radioscopiques, on prend des clichés, quelquefois on opère sous les rayons. Un aide inscrit toutes les observations.

L'aide, ici, c'est Marie Curie, qui joue plusieurs rôles. Car – elle prend le soin de le rappeler dans son livre sur la radiologie – “dans une bonne équipe, chacun fait plus que son métier”.

Cela dure autant qu'il est nécessaire, l'heure est oubliée, seul importe le souci d'achever la besogne. Quelquefois un cas difficile occasionne un retard, d'autres fois le travail progresse rapidement. Enfin, la tâche est finie. On emballe le matériel dans les caisses, et l'on retourne à son port d'attache, pour recommencer le même jour ou bien le lendemain.

Quelquefois aussi, parce qu'on est parti loin, on reste plusieurs jours, on mange ce qu'on trouve, on dort sous une tente. "Jamais femme célèbre ne fut moins encombrante", dira Ève[4].

Et Irène, le nez dans les étoiles, entonne une chanson de marins.

Mais la vie d'aventure n'est pas que fantaisie. La mort omniprésente, les souffrances, les cris hanteront Marie Curie.

"Je n'ai jamais pu oublier ce sentiment de terreur devant tant de vies, et tant de corps, détruits[5]." Cette phrase, et les suivantes, Marie Curie les a rajoutées à la main, sur les épreuves de son autobiographie, rédigée en anglais. La femme célèbre qui fuyait les déclarations publiques, la femme engagée qui ne militait dans aucun parti, avait finalement choisi de se livrer.

— *To hate the very idea of war…*

— Pour haïr l'idée même de la guerre…

— … *it ought to be sufficient to see once what I have seen so many times, all over those years…*

— … il devrait suffire de voir une seule fois ce que j'ai vu tant de fois, durant toutes ces années…

— … *men and boys…*

— … des hommes, certains presque encore des enfants…

— … *brought to the advanced ambulance in a mixture of mud and blood…*

— … amenés aux ambulances de l'avant dans un mélange de boue et de sang…

— … *many of them dying of their injuries…*

— … beaucoup mouraient de leurs blessures…

— … *and many others recovering but slowly, in the space of months, with pain and suffering.*

— … et beaucoup d'autres en guérissaient, mais lentement, emprisonnés dans la douleur et la souffrance des mois durant.

Dix-sept ans c'est bien jeune.

Que faisait Marie quand elle avait cet âge ?

Elle partait, pour l'inconnu, "Mon cœur était lourd[6]".

Ce qu'elle en dit, Irène pourrait le dire aussi. "Qu'est-ce qui m'attendait là-bas ? Une fois arrivée, si je voulais faire demi-tour et partir en courant, comment le pourrais-je ? Ces questions m'envahissaient, tandis que je m'appuyais contre la vitre de la voiture, regardant au-dehors les larges plaines défiler."

Mania n'allait pas à la guerre, ni à la Sorbonne – pas encore. Elle quittait sa famille pour aller travailler, chez des gens qu'elle ne connaissait pas, dans une région éloignée où elle n'était jamais allée. Elle et sa sœur Bronia avaient un rêve. Émigrer en France pour pouvoir étudier. Dans leur pays, en Pologne, les femmes n'avaient pas le droit d'aller à l'université et les sciences, jugées trop subversives, étaient peu enseignées. Bronia était l'aînée, elle partit en premier. Mais, seule, elle ne tiendrait pas, Mania devait l'aider. C'était leur pacte. L'une finançait les études de l'autre, puis ce serait l'inverse, il suffisait d'être patiente.

Mania gagnait la liberté de Bronia en étant gouvernante chez un propriétaire terrien. La journée, elle était payée pour donner des cours aux enfants de la famille ; le soir, elle se cachait pour faire la classe aux enfants du village. L'occupant russe ne souhaitait pas que les paysans reçoivent une éducation. Lorsque la nuit tombait, une file de têtes blondes se faufilait par la porte de derrière. Avec la complicité de la jeune fille de la famille, Mania leur apprenait à lire et faisait circuler des livres en polonais, pour les parents. "Même cette innocente activité représentait un danger, toute initiative de ce genre étant interdite par le gouvernement et pouvant conduire à des peines d'emprisonnement ou à la déportation vers la Sibérie." Patiente et courageuse.

Revenue à Varsovie, Mania, qui allait bientôt devenir Marie, entra dans l'Université volante : une organisation secrète, "sociale et patriotique", au sein de laquelle des jeunes Polonais faisaient circuler le savoir, dans l'espoir de sauver leur culture et leur nation. "L'objectif était d'acquérir mutuellement plus de connaissances, tout en donnant aux paysans et aux ouvriers les moyens de s'instruire."

Si Marie porte en elle une morale, c'est celle de Mania. "Je crois toujours que les idées qui nous inspiraient alors sont les seules qui puissent amener le progrès social. Vous ne pouvez pas espérer construire un monde meilleur si vous ne permettez pas à tous de progresser. Dans ce but, chacun de nous doit travailler à être meilleur et, en même temps, se sentir responsable de tous les autres. Le devoir de chacun est d'aider ceux à qui il sera le plus utile."

Quelques mois après avoir formé sa fille de dix-sept ans sur les routes d'un pays en guerre, Marie la laisse, seule, en Belgique, dans un hôpital du front. Irène, pour être utile, n'a plus besoin d'elle.

Hoogstade, lundi 13 septembre 1915

Mé chérie,

J'ai admirablement passé mon jour de naissance, sauf que tu n'étais pas là, ma douce chérie. J'ai d'abord retrouvé le tablier que je t'accusais d'avoir malicieusement subtilisé. Ensuite, j'ai fait la radiographie d'une main douée de 4 éclats d'obus assez gros que j'ai localisés et qu'on extraira aujourd'hui. (À ce propos j'oubliais de te dire que le projectile de Descamps est extrait ; on est tombé droit dessus et Descamps se promène de nouveau maintenant.)

Ce jour-là, il est vrai, elle en avait dix-huit.

Par là-dessus, j'ai dormi dans la tente sous un beau ciel étoilé.

LA BRAVE PETITE BELGIQUE

Pourquoi, comment Irène s'est-elle retrouvée à Hoogstade ? C'est une longue histoire, qui commence au tout début de la guerre. On pourrait presque dire une histoire d'amour.

Dans les premiers jours d'août 1914, l'invasion par les troupes allemandes du territoire belge entraîne officiellement la France et le Royaume-Uni dans le conflit. “La brave petite Belgique n'a pas accepté de les laisser passer sans se défendre”, écrivait Marie à Irène le 6 août.

Les combats sont acharnés, le pays dévasté. Mais la résistance belge prive les Allemands de cent vingt mille combattants. Sans elle, les historiens s'accordent à dire que Paris serait tombé.

Contraintes de se replier sous la pression, des troupes belges se réfugient au nord du pays, dans une petite poche de résistance, entre la mer du Nord et le fleuve Yser. Les convois de blessés accompagnent la retraite, les hôpitaux sont évacués. Dans l'urgence, une grande partie du matériel médical est perdu ou détérioré. Entre Ostende et Dunkerque, une seule structure reste en capacité de fonctionner, l'hôpital militaire de Furnes, avec des moyens limités.

En cinq semaines, cet hôpital, d'une capacité de cent lits, prend en charge mille blessés. Sur le front, on se bat au corps à corps, plaies béantes, crânes fracassés. Seuls les cas les plus graves peuvent être acceptés. Les autres, ceux qui sont transportables, sont évacués en train, vers Calais ou Dunkerque, la gare de Furnes est submergée. Jour et nuit, les chirurgiens s'efforcent de "reconstruire ce qui a été détruit", "réduire le chaos à la raison[1]".

Frans Daels, médecin volontaire, y est affecté depuis le début du conflit. Il connaît Marie Curie. Professeur à l'université de Gand, il a rencontré plusieurs fois la célébrissime savante à Paris. Il lui demande de l'aide.

Le 24 novembre 1914, Daels obtient une demande officielle du Grand Quartier général de Furnes : “Le GQG belge serait reconnaissant à Madame Curie s’il pouvait être mis à sa disposition une ou plusieurs voitures automobiles pour la radiologie[2].”

Douze jours plus tard, à sa très grande surprise, il voit arriver Marie Curie dans son char à nez plat. À ses côtés, Mademoiselle Irène, qui fait là sa première grande sortie.

Ragot les suit en train, destination Dunkerque. Dans le wagon de marchandises, bien arrimées, des caisses contiennent tout le matériel nécessaire à une installation fixe de radiologie.

On coupe court aux effusions de Daels, pas le temps de raconter le voyage, ni pourquoi la double prix Nobel assure elle-même la livraison du matériel, il y a des caisses à décharger.

Le chirurgien anglais Henry Souttar décrit l’arrivée de la tornade Curie : “On improvisa aussitôt une salle de radiographie dans l’un des entrepôts, avec un coup de peinture sur les fenêtres, qu’on recouvre de papier épais, un poêle, et une chambre noire, bricolée dans un placard avec deux couvertures.”

L'ingéniosité de la dynamo arrimée au marchepied l'impressionne. "De l'intérieur de la salle, pendant qu'on travaillait, on entendait la voiture ronfler. [...] Tout était conçu de manière très habile pour être transportable. Marie Curie était un infatigable travailleur. En très peu de temps, elle avait fait les radiographies de tous les blessés qu'on pouvait lui présenter. [...] *Mademoiselle*[3] Curie développait les plaques. Certaines d'entre elles furent pour nous de la plus grande utilité."

Puisqu'elles sont là, et que les voyages sont compliqués, autant se rendre utiles aux alentours. Elles restent une semaine et écument la région. Il y a des blessés à examiner et des chirurgiens à convaincre. Ils sont nombreux à n'avoir pas encore expérimenté ce "moyen puissant".

— Et merrveilleux.

À Poperinghe, le médecin militaire d'un hôpital d'évacuation français accueille Marie et tout son équipage, et les regarde travailler. "Dans les premiers temps, les chirurgiens qui trouvaient un projectile dans la position exacte où il avait été localisé manifestaient un étonnement et une admiration, comme à la vue d'un miracle", raconte Marie dans son livre sur la radiologie[4].

Conquis par les résultats qu'il obtient en salle d'opération, il se prend à rêver. Mais il doute que sa hiérarchie accorde à un hôpital comme le sien du matériel de radiologie. Mme Curie pourrait-elle l'aider ?

À peine rentrée à Paris, Marie apprend que le ministère est très en colère. Elle aurait subtilisé un véhicule militaire pour se rendre frauduleusement en Belgique. Car les voitures radiologiques financées par le Patronage des blessés sont destinées aux armées et personne, au Grand Quartier général, ne l'a jamais autorisée à se rendre à Furnes.

Marie prend donc un papier.

Pas n'importe lequel, cette fois. Une belle feuille à en-tête de la Faculté des sciences de Paris[5].

Elle cisèle.

"Monsieur l'Inspecteur, j'ai appris, à mon vif regret, qu'un malentendu avait eu lieu…"

Elle l'informe avoir reçu en novembre une

demande officielle des autorités militaires belges : “J’ai pensé qu’il était de mon devoir de me rendre à cet appel et je me suis rendue à Furnes avec une voiture radiologique dont le matériel m’appartient entièrement et avec laquelle j’ai déjà travaillé en divers endroits.”

Quels endroits, elle ne le précise pas, petite cruauté.

Quant aux laissez-passer, elle assure s’être présentée “aux autorités militaires tout le long du trajet”. Aucune n’y aurait vu à redire, “les permis ont été accordés sans difficulté sur la présentation de la demande du Grand Quartier Général Belge”.

Elle s’amuse.

“Je ne savais pas qu’en procédant ainsi je pouvais m’exposer à un reproche et je n’aurais pas demandé mieux que de solliciter l’autorisation du voyage sous la formule la plus régulière qui m’eût été désignée, comportant le moins de retard possible.”

Elle est gonflée.

“Le Roi et la Reine des Belges m’ont tous les deux exprimé leur désir de me voir continuer mes efforts dans cette direction.

M. Curie, Professeur à la Faculté des Sciences.”

Le jour où il reçoit sa lettre, le médecin inspecteur général Chavasse, directeur général du Service de santé, se confond en excuses officielles.

Madame,

Je regrette vivement le malentendu qui s'est produit au sujet de votre séjour à Furnes. J'ignorais tout d'abord que les examens radiologiques que vous y avez effectués vous avaient été demandés par le Roi et la Reine des Belges[6]*...*

Ce qu'il ignore aussi, c'est comment Marie Curie a réussi à passer les contrôles militaires. Un examen attentif des laissez-passer qui lui ont été délivrés dans cette période est à ce titre très instructif.

Le 28 novembre 1914, elle obtient un "Permis de circuler par véhicule automobile", pour elle, Irène et un mécanicien, valide jusqu'au 5 décembre, l'autorisant à se rendre à Compiègne et Abbeville[7]. Avant de partir, elle contacte une annexe de la Croix-Rouge française, qui lui rédige une attestation : "Madame Curie étant appelée par le Quartier Général Belge et par la mission militaire française auprès de l'armée belge pour établir dans les ambulances de Furnes un service de radiologie, le secrétaire général de la Société Française de Secours aux Blessés Militaires, dont les infirmières sont en service dans les ambulances, prie les autorités civiles et militaires de lui faciliter sa mission[8]."

Dotée de ce sésame, Mata Hari prend la route.

Compiègne.

Abbeville.

Jusqu'ici elle circule légalement.

Le 2 décembre, premier ajout sur le permis de circuler : "Autorisée à continuer sa route jusqu'à Hesdin." Arrivée à Hesdin : "Autorisée à continuer jusqu'à Dunkerque." L'attestation de la Croix-Rouge française, faisant référence à la "mission militaire française" auprès de l'armée belge, a sans doute rempli son office sur le territoire français.

Reste à passer de Dunkerque à Furnes.

Pour cela, il lui faut un visa des deux autorités. 3 décembre : tampon du gouverneur du camp retranché de Dunkerque. Côté français, c'est passé. Le moment semblerait bienvenu de ressortir le papier du Grand Quartier général belge. 3 décembre toujours : tampon du commandant de la place belge. "Autorisée à se rendre à Furnes." Les derniers kilomètres ont dû lui paraître légers.

Pour le retour, elle reçoit des autorités belges, durablement impressionnées par ce qu'elle vient de faire pour leurs blessés, un petit papier cartonné comme elle n'en obtiendra jamais du GQG français.

COMMANDEMENT DE L'ARMÉE BELGE
ÉTAT-MAJOR

LAISSEZ-PASSER Madame Curie et sa fille voyageant en automobiles avec des chauffeurs et infirmières. Ce laissez-passer est permanent et sans restriction.

GRAND QUARTIER GÉNÉRAL à Furnes le
10 décembre 1914[9]

Oui, quelque chose comme une histoire d'amour.

Depuis la découverte du polonium et du radium, Marie Curie était un personnage célèbre et donc exposé. Son arrivée fracassante dans l'univers des sciences avait ouvert aux femmes, et aux petites filles, un possible qu'elles ne soupçonnaient pas. Laissez-passer, permanent et sans restriction, vers la liberté.

Les vieux barons étaient plus réticents. Le premier prix Nobel ne devait pas lui être attribué : c'est Pierre qui exigea de le partager – l'un de nous deux. Mais on pouvait encore murmurer qu'elle n'avait été que sa laborantine. On ne s'en priva pas et Marie l'accepta, elle aimait l'ombre, elle était sa voix.

Le second aurait dû être incontestable, Pierre n'était plus là. Elle était maintenant "la veuve célèbre". La presse se délectait.

Puis elle se déchaîna.

Trois ans avant la guerre, l'année même où l'on attribuait à Marie Curie, en son seul nom, un second prix Nobel – trop tard pour le lui retirer, on suggéra seulement qu'elle ne vienne pas à Stockholm pour la cérémonie, elle y alla –, Marie était devenue "la juive", "l'étrangère", la "briseuse de couple". Accusée de vouloir détourner de sa femme et de ses quatre enfants une autre gloire de la science française, authentique, légitime, celle-là, Paul Langevin, "l'affaire Langevin". Traînée dans la boue. Forcée de quitter sa maison devant laquelle une foule en colère s'était assemblée, exfiltrée par les Perrin, réfugiée chez les Borel, avec ses filles. Irène, fille de reine.

Marie venait tout juste de reprendre son souffle lorsque la guerre fut déclarée. Là où la France voyait encore en elle une gloire entachée, les médecins, les soldats, les roi et reine d'un territoire belge agonisant ne voient qu'une femme, faisant tout ce qu'elle peut pour les aider.

Avec eux, elle n'a plus besoin de se cacher.

Commandement de l'Armée, État-Major

Chère Madame,

Permettez à vos amis du Grand Quartier Général Belge de vous adresser leurs meilleurs vœux de bonheur pour l'année 1915, ainsi qu'à Mademoiselle Irène Curie.

Votre séjour restera parmi nous un des plus beaux souvenirs de la guerre. La délicatesse, la simplicité et la confiance avec lesquelles vous êtes venues à nous vous ont conquis aussitôt les plus vives sympathies et ce sont des vœux très profonds que nous faisons pour vous.

Veuillez me croire bien respectueusement vôtre.

Commandant Masure[10]

MADEMOISELLE

“Mademoiselle Irène Curie” a beaucoup appris au cours de ce premier voyage en Belgique. Elle ne sait pas encore qu’elle y passera bientôt seule de longues semaines, mais elle est le témoin des liens qui se nouent entre sa mère et le petit royaume. Là-bas les besoins sont considérables et la porte est ouverte.

Marie n’a pas oublié le médecin de Poperinghe qui rêve d’un équipement de radiologie. Ses récents déboires avec le Service de santé ne l’empêchent pas de retourner en Belgique. Mais seulement pour le compte du roi et de la reine, la carte du malentendu ne peut être jouée qu’une fois. Or il s’agit d’un hôpital français. Jamais le médecin inspecteur général Chavasse ne lui accordera cette faveur. Nommé à la suite du scandale de la prise en charge des blessés, il clame haut son intérêt pour la radiologie, et accepte les voitures que lui fournit le Patronage des blessés. Mais c'est lui qui décide, Marie Curie n'a rien à faire sur le front.

À moins d'agir à son insu.

À Poperinghe, on en est arrivé à la même conclusion.

Madame,

[...] *nous avons pensé que la meilleure manière d'éviter les lenteurs de l'administration et de nous permettre de profiter personnellement de votre offre gracieuse, dans le cas où vous seriez à même de la maintenir, serait de ne pas passer par la voie officielle. Vous pourriez vous entendre avec la Société de Secours aux Blessés Militaires qui est déjà accréditée ici, de telle sorte que de concert avec elle et par sa seule entremise vous pourriez diriger vers nous ce que vous auriez la bonté de nous confier. Ceci aurait l'avantage de vous éviter bien des démarches, bien des complications et de conserver son autonomie à votre installation radiologique.* [...] *Je pense que vous pourriez plus facilement vous entendre avec la Société de Secours qu'avec les différentes auto-*

rités militaires. Je serais personnellement très heureux si le Patronage des Blessés pouvait nous aider dans notre tâche. Déjà grâce aux radiographies que vous aviez eu la très grande bonté de me faire, j'ai pu ce matin enlever du crâne d'un malheureux lieutenant le projectile qui y était encastré et déterminait par sa présence des accidents qui, j'espère, ne tarderont pas à disparaître maintenant. Nos blessés bénéficieraient très grandement de cette adjonction nécessaire à notre matériel[1].

Je causais avec les chefs, je demandais des autorisations, je m'en passais quand cela semblait préférable, je donnais des explications, je prenais des arrangements.

On dirait le refrain d'une chanson.

Un mois après son premier voyage, Marie repart pour la Belgique. Les "arrangements" ont été pris : elle livre au médecin une voiture radiologique.

Sur la liste des *Missions de guerre de Marie Curie dans la zone des armées*, l'histoire tient en une ligne : Poperinghe, février 1915, "pour convoyer la voiture n° 1".

Des lignes comme celle-ci, il y en a soixante.

Dans ce deuxième voyage, Irène ne l'accompagne pas. Elle est restée à Paris, sans doute pour suivre quelques cours. En plus de son petit boulot de guerre, la jeune bachelière poursuit ses études. De sciences.

Poperinghe, le 24 janvier 1915

Chère Irène,

Après diverses péripéties, nous sommes arrivés ici, mais nous ne pouvons faire l'essai de travail qu'après avoir fait faire ici des modifications à l'hôpital. On veut construire un abri pour la voiture et une cloison pour former la salle de radiologie dans une grande salle de malades. Tout cela retarde le travail, mais il est difficile de faire autrement. À Dunkerque, des avions allemands ont laissé tomber des bombes qui ont tué quelques personnes, mais la population n'est guère effrayée. À Poperinghe aussi, ces accidents arrivent, mais moins souvent. On entend le canon gronder presque constamment. Il ne pleut pas, il a gelé un peu. Nous avons été reçus à l'hôpital avec une cordialité extrême, j'ai une bonne chambre et on me fait du feu dans un poêle à côté. Je suis mieux qu'à Furnes, je mangerai à l'hôpital. Je t'embrasse tendrement.

Mé

Paris, mercredi 27 janvier 1915

Ma douce chérie,

Je viens de recevoir ta lettre. Je me sens bien triste, parce que tu es si loin. J'étais si habituée à être avec toi pour causer ou pour travailler que tu me manques de plus en plus.

[...] *Je vais piquer une tête dans un problème tout à l'heure. Je crois que cela me fera du bien.*

Je suis contente de te savoir bien reçue et bien installée à Poperinghe. Je regrette de ne pas y être avec toi, mais enfin j'espère que tu me tiendras au courant de ce que tu fais.

Je t'embrasse de tout mon cœur.

Irène

Marie fera encore un voyage sans sa fille. La voiture n° 1 a subi des avaries, les blessés attendent et le moteur doit être réparé. Mécanique, examens radiologiques, la physicienne s'occupe de tout, "seul importe le souci d'achever la besogne".

— Et dans une bonne équipe…
… chacun fait plus que son métier.

Vient l'été.

Irène a passé son certificat de mathématiques générales, elle est en vacances. La voiture n° 10 est prête, on l'attend à Hoogstade. L'équipe médicale de Furnes y a déménagé.

Belgian Field Hospital, le 27 août 1915

Chère Madame,

[…] *À quelle date aurons-nous le plaisir de vous revoir ici - avec Mademoiselle*[2]*.*

En Belgique, Irène a laissé des souvenirs, peut-être des amis. Le rire de Mademoiselle, ses chansons de marins, mais aussi cette "calme et grave" réflexion qu'elle tient de son père. Elle part avec sa mère. Le 28[3].

Hoogstade est à moins de vingt kilomètres à vol d'oiseau d'une autre ville belge, Ypres. Quatre mois plus tôt, presque jour pour jour, le 22 avril 1915 en fin d'après-midi, d'immenses colonnes de fumée jaunâtre s'abattaient sur les tranchées alliées. Pour la première fois, des hommes étaient gazés.

Nous sommes charmés de penser que vous arriverez demain avec Mademoiselle.

À Hoogstade, voiture installée, salle organisée, la mère et la fille commencent les examens. Auprès d'elles se tient le futur manipulateur, un médecin militaire qui ne connaît rien encore à la technique radiologique. Marie doit le former pendant cette semaine qu'elle passera en Belgique. L'objectif est qu'il devienne suffisamment autonome pour utiliser seul l'équipement qu'elle met à la disposition du Belgian Field Hospital. Radiographies, localisations de projectiles, réglage du matériel.

Irène a progressé en un an. L'étudiante joue les professeurs. C'est elle, la jeunette, qui explique à l'apprenti radiologiste les formules mathématiques, les règles géométriques, tout ce savoir que sa mère lui a transmis et qui est indispensable, pour que des images permettent la localisation exacte d'un projectile. Pour que des plaques radiographiques en deux dimensions soient transposées en une vision exacte en trois dimensions. Pour que le chirurgien cherche l'éclat d'obus, le fragment de shrapnell ou la balle ennemie au bon endroit. Pour qu'il l'atteigne rapidement et sans faire de dégâts. Pour que le blessé guérisse mieux, plus vite, sans souffrances inutiles. Pour qu'on ne l'ampute pas.

Mais l'apprenti a du mal. Les jours passent et il ne comprend pas. Marie a d'autres postes à installer, d'autres blessés, d'autres médecins qui l'attendent.

Mais à quoi sert un poste de radiologie sans personne pour le faire fonctionner ? Pire, avec quelqu'un qui ferait des erreurs. Conduirait la main du chirurgien sur une mauvaise piste.

Marie regarde Irène.

Irène regarde Marie.

> Ma mère ne doutait pas plus de moi qu'elle ne doutait d'elle-même et n'hésita pas à me laisser seule, âgée de dix-huit ans, avec la responsabilité du service de radiographie dans un hôpital anglo-belge, à quelques kilomètres du front, près d'Ypres, avec en plus la tâche peu aisée d'enseigner les méthodes de localisation de projectiles à un médecin militaire belge, ennemi des notions les plus élémentaires de géométrie[4].

L'humour n'est pas la première qualité qu'on associe d'instinct au clan Curie. Fruit de l'intimité avec la mort, peut-être. Comme les soldats et les carabins, dont Irène partage maintenant la vie.

Mardi 21 septembre 1915

Mé chérie,

Je n'ai rien de nouveau à te dire, sinon qu'il commence à faire frais, mais que le temps est toujours beau.

Pas de canonnade prolongée, mais tous les jours nous voyons quelques tirs sur aéroplanes, allemands ou alliés.

Autour de l'hôpital, les tombes fraîches s'alignent, le bruit sourd du marteau cloute les planches de bois, tous ne s'en sortent pas.

Hoogstade, jeudi 16 septembre 1915

Mé chérie,

J'ai été fort occupée ces jours derniers. Avant-hier, j'ai été passer un jour à Cabourg et j'ai fait leurs radiographies. Hier nous avons eu pas mal d'ouvrage le matin, et en particulier une localisation de balle de shrapnell qui était dans un thorax.

Petit porte-drapeau de la radiologie, Mademoiselle tient ferme l'avant-poste que lui a confié sa reine.

23 septembre 1915

Mé chérie,

Ce que je t'écris là, c'est sur l'invitation de M. Willems que je te l'écris. Il craint sérieusement une subite inondation de blessés et voudrait pouvoir dédoubler au besoin le service (voiture pour travailler dans les salles, et accumulateurs dans la chambre de radiographie). Pour cela, il suffirait d'avoir un pied porte-ampoule et une cupule ; c'est ce qu'il voudrait bien que tu lui procures, comme tu le lui as promis, paraît-il. Il m'a dit un certain nombre de choses qui peuvent en effet faire croire qu'il se prépare une attaque. Je ne sais si ce sera vrai cette fois ; on l'a dit si souvent.

Je t'embrasse.

Irène

Lorsque Marie reçoit cette lettre, l'offensive de Champagne a commencé.

LA PÉRIODE HÉROÏQUE

Pour les services rendus dans cette guerre, Irène reçut une médaille. Pas Marie.

Le parfum de cette dame en noir était-il, après quatre ans de guerre, encore trop sulfureux? Ou ses activités encore trop secrètes?

Pourtant elle s'est battue. Pas comme les poilus, dans la boue et la peur, dont on vend les Croix de guerre chez les antiquaires. Mais sans jamais lâcher, pas un pouce de terrain, repartant à l'assaut pour tenter de percer les lignes de l'ennemi. Un ennemi intérieur.

Paris, le 14 février 1915
Monsieur Lavisse,
Président du Patronage des Blessés

Monsieur,

Je me vois obligée de vous prier de faire une

démarche auprès de M. le Ministre de la Guerre, dans l'intérêt de notre service radiologique.

Le service radiologique ayant été demandé d'urgence pour un hôpital de province, j'ai demandé un permis pour m'y rendre avec la voiture radiologique du Patronage qui a été mise à votre disposition par le Gouvernement militaire de Paris et équipée par mes soins. J'ai appris que je ne pouvais obtenir ce permis, et cela en vertu de nouvelles dispositions relatives aux femmes et défendant à celles-ci d'utiliser les voitures militaires. Le fait que depuis le commencement de la guerre je suis de fait utilisée pour le Service de santé militaire, ainsi qu'en font preuve de nombreux documents, ne constitue pas, paraît-il, une raison suffisante pour justifier une exception en ma faveur. Et il faut absolument qu'une demande soit faite par vous-même, demandant pour moi l'autorisation d'utiliser la voiture militaire pour le service du Patronage. Cette demande doit être adressée à[1]*...*

Elle n'écrit plus à Pierre. Elle n'en a plus besoin. Comment a-t-elle pu croire qu'elle allait l'oublier ? Depuis le premier jour où elle l'a regardé, il ne l'a pas quittée.

> En entrant dans la pièce, je découvris, encadré par la porte-fenêtre donnant sur le balcon devant laquelle il se tenait, debout, un grand jeune homme aux cheveux châtains et aux grands yeux clairs, limpides. Je remarquai l'expression grave et douce de son visage, ainsi que ce léger abandon dans la posture, qui laisse transparaître le rêveur, absorbé dans ses pensées[2].

Il venait la rejoindre dans sa chambre d'étudiante, cette soupente glacée où il la réchauffait.

C'était "la période héroïque" de Marie Curie, celle qu'on raconte dans les livres d'enfants. Une vie sans argent, sans charbon, passée à travailler, du matin où elle cassait la glace formée dans son pot d'eau, au soir où elle dormait couverte de tous ses vêtements, pour se mettre au niveau des cours de la grande Sorbonne.

Bronia l'avait appelée, elle était médecin maintenant, et mariée, à un spirituel et brillant immigré polonais, Casimir Dluski. Un rebelle, lui aussi, interdit de séjour dans son propre pays. À eux deux, ils essayaient, en vain, de la sortir de ses livres, et de la faire manger. "Cher et honoré Monsieur, écrivait Casimir à son beau-père resté en Pologne, Mlle Marie […] est une jeune personne très indépendante, et malgré la délégation de pouvoirs formelle par laquelle vous l'avez mise sous ma protection, non seulement elle ne me témoigne aucun respect et obéissance, mais elle se moque de mon autorité et de mon sérieux comme d'un soulier percé. J'ai l'espoir de la réduire à la raison, mais jusqu'à présent mes talents pédagogiques ne se sont pas montrés efficaces[3]."

"La période héroïque de la vie de ma belle-sœur[4]", disait en plaisantant le mari de Bronia. Il avait bien compris que c'étaient les beaux jours de sa vie. Elle avait froid et faim mais elle vivait son rêve, "c'était comme un nouveau monde qui s'ouvrait à moi, le monde de la science, que je pouvais enfin découvrir en toute liberté[5]". Et celui qui l'aimait vivait du même pain. Il disait : "Il faut faire de la vie un rêve et faire d'un rêve une réalité[6]."

"Quoi qu'il arrive, disait-il aussi, il faudrait continuer."

… cette demande doit être adressée à…

... M. le Ministre de la Guerre. Je saisis cette occasion pour vous exprimer mon chagrin au sujet des difficultés croissantes que nous rencontrons sur notre chemin. Il semble qu'en dépit de tous les résultats obtenus, on ne peut jamais réussir à gagner la confiance des chefs militaires et à s'assurer leur appui. Chaque jour, des difficultés nouvelles viennent s'ajouter aux précédentes ou les remplacer, paralysant tout effort, entravant toute action commencée. Il n'est pas exagéré de dire que nous dépensons la plus grande partie de notre activité en démarches stériles ; il est probable que nous aurons été mis dans l'impossibilité de répondre à un appel de service urgent *et que, par ce fait, nous aurons à déplorer l'infirmité ou la mort de plusieurs blessés...*

Héroïque ? Drôle de mot. Ils n'ont jamais voulu devenir des héros.

Tout ce qu'ils désiraient, c'est qu'on les laisse en paix, dans leur "laboratoire".

C'était une baraque en planches, au sol bitumé et au toit vitré, protégeant incomplètement contre la pluie, dépourvue de tout

> aménagement ; elle contenait pour tout matériel des tables de bois de sapin usées, un poêle en fonte dont le chauffage était très insuffisant et le tableau noir dont Pierre Curie aimait tant à se servir. Il ne s'y trouvait pas de hottes pour les traitements qui dégagent des gaz nuisibles ; il fallait donc exécuter ces opérations dans la cour quand le temps le permettait, sinon il fallait les faire à l'intérieur, laissant les fenêtres ouvertes. [...] c'était un travail exténuant que de transporter les récipients, de transvaser les liquides et de remuer pendant des heures, au moyen d'une tige en fer, la matière en ébullition dans une bassine de fonte[7].

En quatre ans de hangar, Marie a perdu sept kilos. Et Pierre, toujours si fatigué. Et ces extrémités des doigts qui commencent à brûler. Ces nuages de vapeurs. Radioactifs.

Sacrifiés pour la science? "C'est dans ce vieux et misérable hangar que nous avons passé les meilleures, les plus belles années de notre vie. [...] Jamais je ne trouverai les mots pour dire le bonheur que nous y avons vécu ; la sérénité de cette calme atmosphère de travail ; l'excitation lorsque nous obtenions un résultat ; et l'espoir formidable d'aller encore plus loin[8]."

Il faut continuer.

— Même lorsqu'on n'est plus qu'un corps sans âme.

… l'infirmité ou la mort de plusieurs blessés.

Vous avez pu vous rendre compte, d'après le rapport que je vous ai fait, que notre visite récente à M. le Directeur du Service de Santé est restée sans aucun résultat précis. D'une manière générale, la réponse la plus fréquente à nos demandes, bien modestes cependant, consiste dans l'affirmation que la décision ne dépend pas du bureau auquel nous nous adressons. Mais on n'arrive jamais à trouver le bureau dont dépend la solution, et l'on peut, après de nombreuses démarches, être renvoyé à nouveau à son point de départ sans qu'il ait été possible de comprendre à quelle sorte de difficulté on s'est heurté...

Pas de médaille ? Ils les ont toujours refusées. Pierre le premier, par conviction. La Légion d'honneur était contraire à ses principes. Trop authentiquement humble. Même l'amicale insistance de Paul Appell, qui voyait là pour lui le moyen d'obtenir une reconnaissance, et peut-être des crédits pour mener ses recherches, ne le fit pas céder. Pierre lui répondit : "Veuillez, je vous prie, remercier M. le Ministre et l'informer que je n'éprouve pas du tout le besoin d'être décoré, mais que j'ai le plus grand besoin d'un laboratoire[9]."

Après sa mort, Marie lui est fidèle. "L'union morale et intellectuelle entre Pierre Curie et moi" l'oblige à refuser ce qu'il n'avait pas accepté. Elle tente de l'expliquer au ministre de l'Instruction publique qui insiste pour qu'elle soit décorée : "Il s'agit là d'une religion de souvenir[10]."

Continuer, "tout de même".

… à quelle sorte de difficulté on s'est heurté… heurté. Point, à la ligne.

Agréez, Monsieur, je vous prie, l'assurance de mon grand respect.

Sur le bureau, les appels au secours se font plus pressants.

Je me permets d'appeler tout particulièrement votre bienveillante attention et celle du Patronage National des Blessés sur la situation des centres d'évacuation de nos armées du Nord [...]. *Certains de ces centres, et en particulier ceux de Montdidier et de Doullens, qui appartiennent à la 2e armée, sont totalement dépourvus de ce matériel, de sorte qu'ils sont dans l'impossibilité de faire aucune radiographie.*

Or, les chirurgiens affirment que l'on constate chez les blessés un si grand nombre de cas de gangrène, d'infections graves ou de tétanos tardif, ils sont dus à la présence prolongée de corps étrangers dans les plaies.

Il y aurait donc le plus grand intérêt à pouvoir les extraire précocement et c'est dans les centres d'évacuation des armées que ces interventions devraient avoir lieu, pour être pratiquées en temps utile. Pour les repérer, la radiographie est indispensable.

Je me permets donc [...] *de me faire auprès de vous l'interprète des médecins et chirurgiens qui se consacrent avec tant de dévouement au salut de nos blessés, et qui demandent avec insistance qu'on leur fournisse les moyens d'en arracher un plus grand nombre à la mort*[11].

Continuer.

FAINT FAIRY LIGHTS

Irène vole de ses propres ailes, Marie développe son réseau.

JOINVILLE BESOIN URGENT VOITURE SI DIFFICULTÉS MILITAIRES TÉLÉGRAPHIERAI À COMMANDANT PLACE PARIS PRÉVENEZ-MOI ARRIVÉE PROBABLE[1].

Ses activités non nobélisables, et plus ou moins officielles, commencent à acquérir de la notoriété. Les médecins se passent le message : quand on l'appelle, Mme Curie accourt dans sa voiture radiologique.

DOULLENS DOCTEUR TRÈS RECONNAISSANT SERA PARTICULIÈREMENT HEUREUX QUE VENIEZ DEMAIN RENDEZ TRÈS GRANDS SERVICES PLUSIEURS CAS DONT MON FILS NÉCESSITANT URGENCE RADIOGRA-

PHIE ENVIRON 14 CLICHÉS UTILES SERVICE MÉDICAL AI AUTORISATION ÉCRITE RÉGULIÈRE CHAMBRE OBSCURE SERA PRÉPARÉE PAR RADIOGRAPHE SPÉCIALISTE QUI SERA À VOTRE DISPOSITION POUR VOUS SECONDER SINCÈRES REMERCIEMENTS RESPECTUEUX HOMMAGES[2].

Le soin extrême qu'elle apporte à ses repérages radiographiques est vite remarqué. Marie Curie calcule la localisation des projectiles avec la même précision que lorsqu'elle déterminait les doses de radioactivité des substances sortant de son chaudron fumant.

Chambéry. "J'ai enlevé l'éclat de l'épaule qui nous avait si fort intrigués. Éclat logé sous l'omoplate (angle). Extraction relativement facile grâce au repérage précis[3]."

Les dames du monde, dont Marie Curie, avec une grande constance, évitait la fréquentation avant la guerre, travaillent maintenant en étroite relation avec elle. Lorsqu'elles n'ont pas "prêté" leur limousine, certaines ont ouvert les portes de leur demeure aux soldats blessés. Au château de Bizy, écusson et devise ornent le papier à lettres : "C'est mon plaisir."

L'état des deux grands blessés que vous aviez radiographiés s'est sensiblement amélioré. Le jeune artilleur Paul Cauët, qui était dans un si pitoyable état, va de mieux en mieux. Depuis que grâce à vous l'extraction de l'éclat d'obus qui était dans sa cuisse a pu être opérée, son état général s'est heureusement modifié ; c'est presque une résurrection et nous avons l'espoir de le voir se rétablir aussi complètement que cela est humainement possible. Quant à l'adjudant Radière dont la blessure nous inspirait de réelles et légitimes inquiétudes, il circule aujourd'hui et se promène sans canne ; il est en très bonne voie, sa guérison est certaine. Les autres malades sont guéris et nous ont quittés depuis longtemps[4].

De plus en plus, Marie veut connaître les suites opératoires de ses interventions. Elle exige des rapports précis.

Union des Femmes de France

Hôpital auxiliaire n° 110, Château de Forges

Chère Madame,

[...] *Detraz : 2 petits éclats enlevés, le malade ne suppure pas et va très bien.*

Hardy : petit projectile, extrait.
Blanc : éclat d'obus, extrait.
Agartini : balle présternale, extraite.
Zerwetz : éclat paranasal, extrait.
Ben Mazouz : balle, extraite.
Brivot : éclat axillaire, extrait.
Guinand : plusieurs esquilles, sises perpendiculairement au radius, extraites[5].

On les a fait entrer dans la salle obscure qu'elle avait préparée pour eux. Ils ont regardé cet étrange appareil. Ils ont eu peur, un peu.

— Ça va faire mal ?

Ils ont tellement souffert, déjà. Les tranchées, l'attaque, la blessure, le brancard, les pansements, les soins. Chaque fois qu'on les approche, c'est pour les torturer.

— Ne vous inquiétez pas, vous ne sentirez rien. Cela ne fait pas plus mal qu'une photographie[6].

Elle leur parle doucement, c'est ce que tout le monde dit. Et elle les touche avec ses mains.

— Ne bougez plus, soldat Hardy.

Elle connaît votre nom.

Ses yeux sont d'un bleu très pâle.

Presque gris.

Villers-Cotterêts, le 20 juin 1915

Madame,

J'ai bien reçu votre lettre du 11 juin et je vous remercie de l'intérêt que vous nous portez[7]*.*

La voiture de Mme de Ganay, que le Patronage vient de livrer au Service de santé, a été affectée au Dr Thévenin. Très compétent. Mais il faut le relancer pour avoir des nouvelles. C'est pourtant elle qui l'a "empruntée", transformée, équipée, cette voiture. Avec l'aide de celui qu'elle appelle "mon dévoué mécanicien", Ragot.

Nous avons beaucoup travaillé depuis notre arrivée. Les attaques qui ont eu lieu sur le front de la 6e armée ont amené dans les ambulances de l'avant un assez grand nombre de blessés et comme nous sommes en ce moment le seul poste mobile de radiologie, à la 6e armée, nous avons été très demandés.

Excusé.

Aujourd'hui nous sommes au n° 200 sur notre registre d'inscription et chaque n° comporte en général plusieurs opérations radiologiques, soit parce qu'il s'agit de blessures multiples, soit parce qu'il est nécessaire de faire une radioscopie et une radiographie pour la même lésion.

La radioscopie, quelle magie ! Comme le passage de la photographie au cinématographe. Même elle, lorsqu'elle a vu la première fois sur l'écran cette image intérieure du corps, vivante, palpitante, elle a ressenti une émotion si forte qu'elle aurait pu se croire dans son laboratoire, le soir.

Je dois dire que le plus souvent il est suffisant de pratiquer un simple examen radioscopique avec localisation de projectile. Dans les ambulances du front, en effet, où il est important d'aller vite, l'examen radiologique précède immédiatement l'intervention chirurgicale. Quand le chirurgien veut bien assister à cet examen, ce qui est le cas le plus fréquent, il voit d'abord d'une façon sommaire la position du projectile et ses rapports anatomiques. Aidé ensuite par les repères dermographiques de la localisation, il pratique très facilement l'extraction. Quand il ne peut venir examiner le blessé à l'écran, nous pratiquons la localisation et nous établissons une fiche explicative appuyée d'une épure s'il y a lieu ou quelquefois d'un simple schéma. En somme nous ne faisons des radiographies que quand il s'agit de projectiles multiples dans une même région, ou de lésions osseuses.

C'est malin. Bien pensé. Rigoureux. Méthodique. Tout ce qu'elle aime.

En opérant ainsi, nous allons vite. Ainsi nous avons pu jeudi dernier, dans une ambulance de la rive droite de l'Aisne, faire en une journée 45 examens radiologiques suffisants pour permettre l'extraction immédiate des projectiles. Ces extractions étaient pratiquées par 4 chirurgiens qui opéraient chacun de leur côté.

Quelle merveille, la science. Un physicien entoure un tube de papier noir pour tenter de comprendre un phénomène de physique pure et, quelques années plus tard, sa découverte sauve la vie de milliers de soldats. Mon Pierre aurait aimé ça.

Notre appareillage fonctionne parfaitement. Grâce à lui, grâce aussi aux accessoires dont vous nous avez pourvus, avec un souci du détail que j'approuve et que j'admire - car on manque de tout dans les ambulances - nous avons pu fonctionner sans le moindre accroc jusqu'à présent.

Il est bien, ce Dr Thévenin.

Il y a quelques jours, en nettoyant notre interrupteur à mercure, une buse s'est cassée partiellement...

Pas très précautionneux, tout de même.

Cela n'empêche pas l'appareil de fonctionner mais je vous serais très obligé de vouloir bien nous faire envoyer quelques buses de rechange...

Tout de suite.

... et d'y joindre si possible de petits écouvillons analogues à ceux qui sont utilisés pour nettoyer les tuyaux de pipe.

Je note.

Si vous aviez aussi dans votre laboratoire un localisateur inutilisé, je vous demanderais de vouloir bien nous le confier. Nous avons eu en effet, dans quelques cas, certaines difficultés pour radiographier des projectiles situés au voisinage de la colonne lombaire.

Ça doit pouvoir se trouver.

Je m'excuse de faire appel ainsi à votre obligeance…

Je vous en prie.

… mais vous nous avez témoigné jusqu'à ce jour une telle sollicitude que je fais tout naturellement appel à vous. Je vous remercie par avance et vous prie de croire, Madame, à l'assurance de mes sentiments respectueux et bien cordiaux.

Bien, très bien. Voilà une voiture qui est en de bonnes mains.

Quarante-cinq en une seule journée.

La fourniture de matériel devient délicate. Dans les voitures ou les postes fixes que Marie Curie a installés, les appareils se dégradent, il faut les remplacer. Marie achève de piller son labo. “UFF, 16 rue de Thann, Paris, pour l’installation radiologique à l’hôpital auxiliaire n° 154, 92 rue de Vaugirard, faite sur l’initiative de Madame Curie, il a été fourni : 1 transformateur, 1 condensateur, 1 support de soupape.” En marge, l’écriture de Marie : “appartenant au laboratoire[8]”.

Steenvorde. “Dès que nous aurons reçu l’ampoule et le rhéostat que vous avez bien voulu nous faire expédier, je vous en accuserai réception, avec la décharge du médecin-chef. Si vous le voulez bien, et pour éviter l’obstruction des bureaux militaires, je vous ferai renvoyer le tube à eau, qui a besoin d’être refait, ayant été crevé[9].”

Les demandes officieuses se multiplient. Les médecins, chirurgiens et manipulateurs radio qu’elle a rencontrés, souvent équipés, parfois formés, au cours de ses déplacements, fonctionnent désormais en réseau, semi-clandestin.

Chère Madame,

Me serait-il possible de recevoir un peu rapidement, par votre intermédiaire, des plaques radiographiques et les produits nécessaires au développement et au fixage des clichés? Ici le sulfite, l'hyposulfite et surtout le diamidophénol sont hors de prix et ne peuvent, d'ailleurs, m'être livrés qu'en très insuffisante quantité. J'ai demandé, par la voie officielle, il y a plus de trois semaines, plaques et produits, ainsi qu'une cuvette en carton durci 24/30, et je n'ai reçu aucune réponse officielle à cette demande.

J'use aujourd'hui de l'autorisation que vous avez bien voulu me donner de m'adresser à vous et vous remercie d'avance de ce que vous pourrez faire dans ce sens.

Les plaques dont j'ai le plus souvent besoin sont des 18/24.

[...] Dr Hahn, médecin-major 2e classe, Ambulance 15/20, Amiens[10]

Le stock de fournitures diminue trop vite. Pour répondre aux demandes, Marie Curie va devoir activer son propre réseau. Ce n'est plus maintenant une question d'argent mais de pénurie, les produits et les ustensiles de radiographie sont de plus en plus rares sur le marché. Les ampoules, faites d'un verre sans plomb qui provenait avant la guerre exclusivement d'Allemagne, sont particulièrement recherchées. En quelques mois, un professeur du Collège de France a mis au point un nouveau procédé de fabrication mais elles restent difficiles à trouver : c'est l'armée qui gère les approvisionnements.

Marie Curie écrit à Jean Bergonié, professeur à la faculté de médecine de Bordeaux. Iconoclaste et charismatique – barbiche, nœud papillon, improbable chapeau mou –, Bergonié a la particularité d'avoir suivi en parallèle des études de médecine et de physique. Son parcours l'a naturellement amené à étudier l'usage des rayons X en médecine. Contemporain de Béclère, il a dû se battre, lui aussi, pour être admis comme médecin volontaire et a finalement obtenu la direction d'un hôpital complémentaire de l'armée dans sa ville de Bordeaux. Là-bas, loin de la capitale, il aura peut-être plus de facilité pour se procurer des ampoules.

La réponse de Bergonié[11] est l'une des rares lettres dactylographiées, dans cette correspondance de guerre de Marie Curie. Il s'en explique à son interlocutrice : "Excusez la machine à écrire, vous savez que la main droite ne va plus !" Les rayons X, utilisés sans protection par les pionniers de la radiologie, ont commencé leur œuvre de destruction. Bergonié finira amputé des deux bras ; léguera son corps à la science, pour que ses successeurs aient les moyens de ne pas répéter les mêmes erreurs ; et sera autopsié – il le savait – par son plus féroce ennemi dans le monde magique et néanmoins cruel de la recherche[12].

Chère Madame,

Je ne demanderais pas mieux que de vous être utile, ou même seulement agréable, mais vous n'avez pas l'air de vous imaginer quelles complications les règlements, les circulaires et la hiérarchie militaires mettent dans l'organisation de nos services.

C'est mal parti.

En voici une preuve aujourd'hui : dans une lettre, j'avais émis l'avis d'accorder à un Hôpital auxiliaire d'une petite ville qui rend les plus grands services à toute la région une ampoule à titre gratuit. Immédiatement le Ministre, devant cette initiative extravagante, a écrit à l'un de mes Chefs (momentanés!) la phrase suivante que je transcris pour vous : "J'ai l'honneur de vous prier de vouloir bien rappeler à cet officier supérieur du corps de santé qu'il n'a pas à émettre d'avis de cette nature, complètement en contradiction d'ailleurs avec l'article 12 du décret du 2 mai 1913..."

Vous voyez combien la formule est aimable pour un homme qui, depuis le début des hostilités, ne fait autre chose que de se dévouer *pour ses divers services et même pour apprendre aux bureaux du Ministère ce que devrait être la radiographie en temps de guerre et comment elle devrait être organisée.*

Les difficultés relationnelles de Marie Curie avec les autorités militaires ne proviennent donc pas du fait qu'elle est une femme et une civile. Si un engagé volontaire, gradé, médecin-chef d'un hôpital, spécialiste reconnu de la radiologie, se heurte aux mêmes blocages, c'est que le fonctionnement du Service de santé, après plusieurs mois de guerre, et malgré une réforme imposée par des morts, des infirmités, des amputations "qui auraient pu être évitées", n'est toujours pas réglé. Sous la dépendance directe du ministère de la Guerre, il n'en est que l'une des nombreuses directions. Il n'a pas acquis l'autonomie qui lui permettrait d'agir en toute liberté. Et les soldats ne sont, toujours, que les instruments d'une guerre.

Pour en revenir à ce qui vous préoccupe, j'ai, dans le magasin central de l'armée, des ampoules excellentes. Je ne demande pas mieux que de vous en donner. Vous n'auriez besoin d'envoyer personne pour les chercher mais obtenez l'ordre, d'une manière ou d'une autre, qu'on vous les accorde. [...] Si vous passez avec succès dans tout ce dédale réglementaire, soyez bien sûre que ce sera non pas seulement avec plaisir, mais avec bonheur que je vous donnerai satisfaction.

[...] Votre tout dévoué.

Et, à la main : "Sympathiquement. Bergonié."

Marie n'est plus seule. Un peu partout sur le territoire en guerre, sous les tentes où opèrent côte à côte quatre chirurgiens, au volant de ces voitures radiologiques qui sillonnent le front, sur les bancs de l'Assemblée réunie en comité secret, dans les châteaux où les blessés réapprennent à marcher, et sous la plume d'un vieux chercheur prochainement amputé, s'allument de minuscules foyers de résistance. *Like faint fairy lights*.

UNE GOUTTE D'EAU

Hoogstade

Le général dit qu'il espère bien te revoir et je te communique cette parole aimable. Il y a pas mal de gens qui me demandent quand tu reviendras.

Irène

Marie n'a pas le temps. Entre ses départs en urgence pour des radiographies, les enquêtes qu'elle mène en vue d'installations nouvelles, sa quête permanente de matériel et les dernières voitures qu'il lui faut équiper, elle ne s'est arrêtée qu'une poignée de jours depuis le début de la guerre. Et puis Irène ne va pas tarder à rentrer, le service peut fonctionner sans elle maintenant à Hoogstade, elle doit reprendre ses études.

TRÉPORT MÉDECIN CHEF HÔPITAL TEMPORAIRE Nº 18 À MADAME CURIE 36 QUAI DE BÉTHUNE PARIS SUIS INFORMÉ QUE PAR LETTRE AU MINISTÈRE DIRECTEUR SERVICE SANTÉ 3e RÉGION ACCEPTE VOTRE OFFRE MATÉRIEL RADIOGRAPHIQUE ET DEMANDE QU'IL SOIT PROCÉDÉ À INSTALLATION RESPECTEUX HOMMAGES[1].

La radiologie gagne du terrain. Son efficacité commence à se savoir. Des chirurgiens en font la demande insistante. Les meilleurs médecins ont été transférés au front et l'armée ne parvient pas à leur fournir suffisamment de postes radiologiques pour leur permettre de travailler dans de bonnes conditions. Elle accepte l'aide du Patronage mais le médecin inspecteur général Chavasse persiste dans son refus : Marie Curie n'ira pas au front.

Le désir que vous avez exprimé par l'intermédiaire du Ministère de la Guerre, d'obtenir un ordre de mission pour inspecter les voitures radiologiques en service aux armées n'a pu recevoir un accueil favorable, pour des raisons d'ordre général[2].

Chavasse ne s'embarrasse plus de justifications. Sans doute a-t-il compris qu'il risque de lui tendre une arme.

Est-ce à ce moment-là que Marie mit au point la géniale contre-attaque que révèlent les archives ? "C'est notre plaisir" de l'imaginer.

Lorsque Marie Curie part en voyage, elle n'emporte que sa robe noire, celle qu'elle met depuis des années. Pas en signe de veuvage mais par mesure d'économie et par esprit pratique. Comme beaucoup de chercheurs, elle accorde peu d'importance aux apparences. C'est l'intérieur des choses qui l'intéresse : des chaudrons fumants, des fioles qui brillent dans la nuit, et des gens.

En quelques instants, Marie est prête à partir. "Elle va prendre chez elle son manteau sombre, son petit chapeau de voyage, rond et mou, qui a perdu forme et couleur, et son bagage : un sac de cuir jaune, craquelé, écorché[3]."

Dans ce sac de cuir jaune, il y a un portefeuille.

Et dans ce portefeuille : "2 photos de son père, 2 photos de sa mère, 1 photo d'elle-même, 2 enveloppes vides ayant contenu des graines de fleurs." Et 11 ordres de service de la Croix-Rouge française.

Oublié dans un tiroir après l'armistice, le *Contenu du portefeuille de guerre de Marie Curie tel qu il fut retrouvé après sa mort*[4] fait l'objet d'une section à part dans le dossier NAF 18438 de la Bibliothèque nationale. Les trois premiers ordres de service, pour Lunéville, Amiens et Nice, dûment tamponnés "Union des femmes de France", ont été remplis et signés par la directrice du personnel. Ordre est donné à Mme Curie, "attachée à notre formation sanitaire", de se rendre à... pour "mission spéciale".

Mais les huit suivants sont en blanc.

Tamponnés et signés, portant le nom de "Mme Curie". Mais, pour le reste – date, destination, nature de la mission –, en blanc.

Usage de faux papiers, Marie Curie vient de passer un cap dans sa guerre contre la guerre.

Hôpital de Landrecourt par Verdun
Dr Savatier, Médecin aide-Major de 1re classe

Madame,

Vous souvient-il de cette belle journée où vous me fîtes le très grand honneur de vous asseoir en face de moi dans la voiture de l'Ambulance 21/54 pour aller à Haudiomont visiter l'Ambulance des Carrières et voir de loin les Éparges ?

Nous avons tous, dans notre Ambulance, conservé la mémoire des heures exquises que nous avons vécues au moment où vous avez bien voulu vivre notre vie : ces souvenirs resteront longtemps gravés dans notre esprit[5].

Les deux visages de Marie Curie. Obstinée, revêche, incontrôlable avec tous ceux qu'elle considère comme des ennemis. Simple et profonde avec les rares personnes qui gagnent sa confiance.

Avec cette guerre, son cercle s'agrandit.

> On ne pouvait qu'admirer ces hommes et ces femmes qui se donnaient sans compter et dont la tâche était souvent écrasante. Notre collaboration était facile, car j'essayais de travailler dans le même esprit. Pour ma fille, il en était de même et nous avions la sensation d'être entourés d'amis[6].

Quelques semaines avant “cette belle journée”, durant laquelle Marie a partagé la vie de l'ambulance 21/54, sa voiture a versé dans le fossé. Elle revenait de Forges, où elle avait radiographié une quinzaine de blessés.

"L'automobile s'est renversée, et Marie, qui voyageait à l'intérieur, assise, tant bien que mal, entre les appareils, s'est trouvée enfouie sous une avalanche de caisses", raconte sa fille Ève[7]. Pendant qu'elle s'inquiétait pour son matériel, son chauffeur – ce n'était pas Ragot – "courait autour de la voiture brisée en s'informant à demi-voix : « Madame ! Madame ! Êtes-vous morte ? »" Selon sa fille, Marie, alors, a "éclaté de rire".

Madame n'est pas morte. Il y a même longtemps qu'on ne l'avait pas vue rire.

Apprenant la nouvelle de son accident, relayée par la presse, les médecins du front demandent des nouvelles. De Poperinghe, Dunkerque, Doullens, Marie reçoit des lettres pleines d'attentions.

Et de Verdun : on lui exprime des "regrets" pour son "accident d'auto", mais aussi "le ferme espoir" de la voir bientôt. "Plus que jamais votre présence est utile ici. Chère Madame, nous recevons énormément de blessés très gravement atteints[8]."

Depuis deux mois, Marie Curie tente d'y installer un poste de radiologie. Le médecin-chef de l'hôpital militaire qui occupe le collège Buvignier l'a alertée : il est l'un des rares médecins spécialisés dans cette technique dans le civil, mais il n'a pas été affecté à un poste où il serait en mesure de l'exercer. En deux mois, il a accueilli quatre cent cinquante blessés, il ne possède aucun matériel radiologique, quatre autres hôpitaux de Verdun sont dans le même cas. "Et nous devons nous contenter de la visite du Dr Haret, qui vient ici à intervalles très espacés[9]." Haret : l'un des deux médecins envoyés au front avec le concours de Béclère au début de la guerre, dans les véhicules radiologiques mis au point par l'armée.

En dix jours, Marie trouve et équipe une voiture, elle est prête à partir. Le directeur du Service de santé de la place de Verdun est confiant : il "pense pouvoir obtenir facilement[10]" les laissez-passer pour qu'elle vienne l'installer. Une semaine sans nouvelles, Marie s'inquiète. Elle apprend que la demande a bien été transmise au gouverneur de Verdun. On lui demande le nom de son chauffeur : ce sera Ragot. À force de l'accompagner, il a appris les gestes essentiels de la radiographie, il fait maintenant office de chauffeur et de préparateur.

Les jours passent, il y aurait eu des problèmes de courrier, on demande confirmation de l'identité de l'équipage qui projette de se rendre à Verdun. Au collège Buvignier, ils en sont maintenant à “plus de 700 blessés qui la plupart avaient un ou plusieurs corps étrangers[11]”.

Enfin, le 21 avril 1915, Marie reçoit un courrier officiel du directeur du Service de santé de Verdun, très embarrassé. Il s'est rendu en personne à l'état-major du gouverneur “pour obtenir le permis rouge”, on le lui a refusé. La marche à suivre est différente de celle qu'on lui avait indiquée la première fois : Marie Curie doit faire elle-même la demande, à Paris. Il est parfaitement conscient qu'une voiture radiologique “serait non seulement utile, mais très nécessaire pour les nombreux hôpitaux de Verdun, qui ne possèdent pas d'installation radiologique[12]”. Mais il ne peut rien faire.

Cela fait sept semaines que la voiture de Marie Curie attend pour partir de Paris.

Le médecin du collège Buvignier s'excuse. “J'espère que toutes ces formalités militaires et ennuyeuses ne lasseront pas votre courageuse persévérance à faire le bien ; quoique je suppose que l'administration militaire a dû lasser bien des bonnes volontés[13]."

Marie Curie ne se lasse pas. Parmi tous les laissez-passer qui lui furent accordés, on trouve, daté du mois de mai 1915, un ordre de service de l'UFF pour "mission radiologique", destination : Verdun. Et sur la liste des *Missions de guerre de Marie Curie dans la zone des armées*, à la même date, la même destination, avec Ragot, "pour convoyer voiture n° 4, chemin de fer".

Marie a pris sa voiture et l'a mise dans le train.

"Cette belle journée où vous me fîtes le très grand honneur de vous asseoir en face de moi dans la voiture de l'Ambulance 21/54, pour aller à Haudiomont visiter l'Ambulance des Carrières et voir de loin les Éparges", ne fut que l'un des longs moments partagés à Verdun. Marie profitait de son séjour dans la place, si durement gagné, pour estimer les besoins à venir et comment elle pourrait les combler. Ce jour-là, ils ont déjeuné tous ensemble au collège Buvignier. Ragot était assis à côté du Dr Savatier, qui a fait des photos de la belle journée.

À la lettre qu'il adresse quelques jours plus tard à Marie Curie, il joint deux plaques photographiques, non radiologiques, bien emmitouflées, en souvenir de ces heures exquises où "vous avez bien voulu vivre notre vie".

Veuillez me permettre, Madame, de vous adresser l'hommage de mon profond respect.

P.-S. Vous me feriez très grand plaisir en disant à votre préparateur :

1. que je ne l'oublie pas ;

2. qu'il m'a été impossible, à mon très grand regret, de lui trouver un casque ;

3. qu'il veuille bien m'excuser de le charger de couper sur un calibre de verre les deux épreuves positives ci-incluses et d'en garder une pour lui[14].

Eux non plus ne sont pas lassés.

Peu après la visite de Marie Curie, le 4 juin 1915, l'hôpital a été bombardé. Cinq morts, dont une infirmière, et dix nouveaux blessés. L'obus de 380 a détruit une des salles où s'alignent les lits des malades, ainsi que la chambre où a dormi Marie Curie.

Nous construisons ici, depuis le bombardement de notre hôpital, un hôpital temporaire de 250 blessés avec des tentes et des baraques en planches.

Le matériel radiologique est intact. Prêt à servir.

Vous pourrez dire à M. Ragot qu'il a manqué un beau coup d'obus, et que néanmoins il doit se féliciter que votre voyage ait eu lieu 3 semaines plus tôt[15].

Pauvre Ragot, cardiaque.

Neuf mois plus tard à Verdun, à l'aube du 21 février 1916, neuf cents canons allemands tirent sur un front de douze kilomètres. Un million d'obus le premier jour. Deux mille cinq cents blessés, chaque jour, la première semaine. L'affrontement le plus emblématique, le plus meurtrier de la guerre durera trois cents jours et trois cents nuits.

Marie n'est pas la seule à avoir combattu cette grande boucherie. Les médecins, les chirurgiens, les infirmières sont restés à leur poste. Et d'autres salles et voitures de radiographie, mises en place à Verdun par le Service de santé de l'armée, dans les deux semaines précédant l'offensive allemande, ont joué leur rôle. Mais combien de vies Marie a-t-elle sauvées ? Combien de mains, de bras, de jambes, de souffrances, de vies dévastées ?

L'examen attentif des archives de guerre de Marie Curie révèle son opiniâtreté dans le combat qu'elle s'était imposé, mais il donne aussi un sens à des chiffres que l'on connaissait. En quatre années de guerre, par tous les moyens qu'elle a pu imaginer, légaux ou illégaux, officiels ou secrets, malgré la pénurie de matériel, les routes cabossées, les barrages militaires, Marie Curie est parvenue à aménager vingt voitures et deux cents postes fixes de radiologie.

On estime que plus d'un million de blessés ont été secourus par ses installations.

Pas un héros, une goutte d'eau.

Comme cette goutte d'eau qu'emporte dans son bec le petit colibri. La forêt est en flammes, les autres animaux le regardent passer, sans jamais s'arrêter, de la mare lointaine au grand incendie.

— Que fais-tu, es-tu fou ? demandent-ils au

minuscule oiseau. Mais ne vois-tu donc pas que ça ne sert à rien, que c'est plus fort que toi ?

Le colibri les regarde, yeux gris-bleu dans les yeux, et répond :

— Je fais ma part.

1916

VERDUN,
SEPT CENT MILLE MORTS.
LA BATAILLE DE LA SOMME :
SUR TROIS MILLIONS DE
COMBATTANTS, PLUS D'UN
MILLION DE MORTS,
BLESSÉS ET DISPARUS.

LA DANSE DE L'ÂME

Ils étaient tous partis la fleur au fusil. Persuadés qu'ils seraient revenus pour les moissons. Au plus tard pour les fêtes de Noël.

Puis les avaient rejoints des hommes plus âgés, les classes des années précédentes qui n'avaient pas encore été mobilisées, et qui venaient nourrir les boyaux des tranchées.

La guerre s'enlisait.

Les armes progressaient, tuaient plus, et mal.

Des morceaux d'hommes rentraient chez eux. Des entassements de chairs où l'on reconnaissait, parfois, les yeux.

Dans les usines, des deux côtés du Rhin, les femmes et les mutilés qui tenaient encore debout fabriquaient à la chaîne les canons, les obus, qui en détruiraient d'autres.

Amiens, Dr Thévenin, Équipage radiologique n° 21.

Je suis au Pavillon Duvauchel les jeudis et dimanches matin de 8 h à midi. Mais c'est évidemment insuffisant pour cet établissement qui, lui aussi, s'est agrandi. D'ailleurs, à l'heure actuelle, tous les chirurgiens exigent - non sans raison - d'avoir constamment à leur disposition la radiologie... Elle est devenue pour le chirurgien aussi indispensable que l'artillerie pour le combattant[1].

La guerre était passée à l'échelle industrielle, la radiologie le devait aussi. Il fallait faire barrage à ce flot continu déversé des usines, charriant dans son sillage des tombereaux de blessés. Pour chaque batterie d'obus, une voiture à nez plat ou une salle obscure.

Dans cette course de vitesse, Marie Curie ne pouvait plus agir seule. Elle avait des appuis, des relais, des amis, dans tous ces hôpitaux où elle avait vécu. Ils lui devaient beaucoup. C'était à eux, maintenant, de l'aider.

Amiens, 8 février 1916

Madame,

Vous nous aviez demandé, à M. Rolland et à moi, de nous occuper de l'installation d'un poste fixe de radiologie donné par le Patronage National à l'Hôpital de Louvencourt (Chirurgie faciale)... C'est chose faite[2]*.*

Le réseau de Marie devenait tentaculaire. Et sa force de frappe, exponentielle. Tous ces petits soldats dont elle était le chef, secret et légitime, la suivaient volontiers dans cette guerre clandestine. En déléguant ses pouvoirs, elle décuplait ses forces.

Le cercle des intimes l'avait aidée d'abord. Puis ces nouveaux amis, auxquels la guerre lui avait offert d'ouvrir son cœur. Et maintenant, de vieilles connaissances se rappelaient à elle. Comme cette Loïe Fuller qui, depuis l'Angleterre, lui faisait parvenir des lettres de soutien et des aides financières. Un petit signe, que son Pierre lui envoyait, pour lui dire de ne pas baisser les bras ?

Loïe Fuller, la *Danse serpentine*, la *Danse du*

papillon, c'est lui qui avait accepté de la rencontrer. Elle leur avait écrit, à une époque où ils recevaient tant de lettres, tant de demandes, depuis leur prix Nobel, qu'ils crurent en mourir, de tout ce temps volé à leur passion. L'excentrique Loïe, l'artiste de talent, qui fascinait les foules avec ses danses aux longs voiles, ses lumières féeriques, l'image de son corps muté en papillon, en fleur ou en ciel étoilé, avait besoin d'eux, les scientifiques. Et Pierre, le rêveur, avait dit oui.

Il l'avait reçue au laboratoire et l'avait écoutée. Elle voulait ce radium, qui brille dans la nuit, pour son nouveau spectacle. Parée de la poudre magique, on ne verrait sur scène que les pans de sa robe, tournoyant et volant, sans le soutien d'un corps dont elle n'aspirait qu'à le rendre plus léger, absent, désincarné. Le radium, pour elle, serait la danse de l'âme.

Pierre avait souri à cette autre rêveuse. Lui aussi s'amusait, dans les rares mondanités que le couple célèbre ne pouvait refuser, à envoûter ses hôtes. Il demandait qu'on veuille bien faire le noir et sortait de sa poche l'un de ces *glowing tubes*, l'une de ces *fairy lights*. Mais il ne pouvait pas lui donner de radium. Trop rare, trop précieux. Trop puissant. Comme il voulait l'aider, il lui avait montré un autre de ces pouvoirs magiques que lui offrait la science. Elle fut conquise : "Ce rayon brillait dans l'espace, mais [...] était invisible jusqu'à ce qu'un objet ait été placé sur son chemin, et alors, il devint merveilleusement illuminé[3]." Et Loïe mit au point la *Danse ultra violette*.

Pour le remercier, elle vint danser chez lui, dans sa petite maison donnant sur un jardin près du parc Montsouris, là où vivaient Marie, la petite Irène, grand-père Eugène et bébé Ève. Il n'y avait pas beaucoup de meubles à pousser et le temps de ce soir, tous ensemble, ils s'étaient envolés.

Mrs I. C. Church has the pleasure to send Madame *Curie a cheque for £ 3, in answer to* Madame *Loïe Fuller appeal in the Queen newspaper, and only wishes she could make it a large sum[4].*

Marie n'était pas seule. De loin, quelqu'un veillait sur elle.

"De plus, mon travail inlassable mais silencieux finit par conquérir une consécration en quelque sorte officielle auprès du Service de Santé."

Officielle ?

MON TRAVAIL SILENCIEUX

Lorsque le président du Patronage des blessés, Ernest Lavisse, avait reçu cette lettre, il s'était empressé d'en faire une copie pour Marie Curie. Ils avaient gagné. Les choses allaient changer.

Ministère de la Guerre
Cabinet du Sous-Secrétaire d'État

Monsieur le Président,

J'ai l'honneur de vous présenter tous mes remerciements pour le concours scientifique et pratique que le Patronage National des Blessés a bien voulu apporter au Service de Santé.

Les bénéfices de la Radiologie ont pu être très notablement étendus, grâce aux nombreux dons, tant en installations fixes qu'en voitures radiologiques. La haute compétence et l'activité de votre Déléguée, Madame Curie, ont contribué pour une bonne part à la parfaite organisation de ces postes bénévoles, pour lesquels vous avez bien voulu nous recommander une phalange de jeunes préparateurs qui nous donnent toute satisfaction. Je vous prie de transmettre mes remerciements à ces collaborateurs dévoués.

Agréez, Monsieur le Président, l'assurance de ma haute considération.

Signé : Justin Godart[1]

Changement de ton, volte-face, demi-tour. Retraite ? Comment dire ? Excuses déguisées, peut-être. Victoire, c'est certain, pour Marie Curie et son armée secrète.

Depuis quelques mois, le Service de santé est en complète réorganisation. L'horreur de cette guerre ne peut plus se cacher, la prise en charge des blessés dans des conditions humainement acceptables s'impose. Question de stratégie, aussi. On ne peut plus gâcher cette matière première nécessaire à la guerre, qui diminue comme une peau de chagrin : les êtres humains.

Un sous-secrétariat d'État au ministère de la Guerre a été créé pour le Service de santé : pas une révolution, mais l'autonomie attendue. À sa tête, un jeune élu de trente-quatre ans, tendance radicale-socialiste, Justin Godart.

Depuis dix ans, il est adjoint au maire et député de Lyon, connu pour ses actions en faveur de la santé et de l'éducation des plus pauvres. Vice-président de l'Assemblée, lorsque la guerre est déclarée. C'est un homme de terrain, aimé dans sa ville, respecté dans la capitale. "Sa silhouette élégante et son allure sportive" vont devenir "légendaires" dans les postes de secours avancés des tranchées, où il se rendra, les jours de grandes batailles[2].

Mobilisé en 1914 comme brancardier au 32e régiment d'infanterie, il a vu sur le front les dégâts causés par la doctrine de l'évacuation systématique des blessés.

Lors du premier choc frontal entre les deux armées, dans un hôpital des Vosges, il a retrouvé un compatriote de sa ville de Lyon, le Pr Claudius Regaud. Affecté comme médecin-chef à Gérardmer, ce médecin et chercheur, dans le civil, lui a longuement parlé des difficultés qu'il rencontrait : les problèmes d'approvisionnement, les blocages administratifs, les abus de pouvoir de gradés supérieurs peu compétents pour prendre des décisions médicales, les erreurs techniques majeures, comme cette idée selon laquelle les blessures par balles ne s'infecteraient pas…

Pour soigner ses blessés, Regaud a dû désobéir. Refuser d'évacuer, trouver des lieux, des lits, pour les hospitaliser. Toute la ville l'a aidé, il s'est installé dans des hôtels, des restaurants, des cafés. Et a transformé son hôpital d'évacuation, qui aurait dû n'être qu'un centre de triage sous toile de tente, en un centre de soins hautement perfectionné.

Regaud lui a parlé de Marie Curie, aussi, et de sa radiologie. Ils se sont rencontrés il y a quelques années, il est question qu'ils travaillent ensemble, il suit de loin son combat. Et l'approuve.

Justin Godart a entendu et compris tout cela. Il veut s'entourer dans son ministère de gens comme Regaud, des personnes fiables, compétentes, et dont il connaît la valeur morale. Il veut tout réformer. C'est lui qui va tirer le Service de santé “de l'ornière administrative où l'état-major l'avait enlisé[3]”.

La radiologie fait partie de son plan d'action. Si Godart veut lui donner rapidement l'ampleur qu'elle mérite, il a besoin d'aide. Marie Curie et son réseau sont les bienvenus.

Peu à peu, les membres du groupe clandestin osent sortir de l'ombre.

VIe Armée, Direction du Service de Santé
Le Médecin Inspecteur Principal Nimier
Au Médecin-Chef de l'Ambulance 3/3

Je vous engage très vivement à profiter de l'inépuisable concours que Madame Curie veut bien nous apporter pour les installations radiographiques. Dans la mesure où il lui sera possible, elle fournira à votre ambulance - comme elle l'a déjà fait à tant d'autres formations -, j'en suis certain, une facilité de traitements si précieuse pour nos blessés. Vous me rendrez compte de ce qui aura été décidé afin que je puisse en référer au Grand Quartier[4].

Officiellement, la situation de Marie s'est inversée, elle n'a plus besoin de jongler avec les autorités. Mais dans la pratique, ses activités n'ont pas changé. Elle répond aux demandes, d'où qu'elles viennent et quelles qu'elles soient.

Je vous remercie d'avoir bien voulu échanger notre écran au platinocyanure dont la glace était brisée. C'est dans de telles circonstances qu'on apprécie l'aide d'une œuvre qui sait, comme le Patronage des Blessés, se substituer à l'Administration Militaire pour le plus grand bien des blessés. Grâce à vous et au Patronage, mon service n'a été interrompu qu'un seul jour. Si j'avais attendu de l'Administration la réparation de mon écran, j'aurais été immobilisé pendant 15 jours au moins[5].

Lorsqu'elle évoque cette période de la guerre dans son manuscrit de 1919, Marie Curie choisit des mots fort policés. “Le Service de Santé réalisa peu à peu une série de perfectionnements importants et entre autres donna un développement considérable au service radiologique. Toutefois, la Direction était quelquefois gênée par des règlements compliqués, et dans ces cas, elle demandait volontiers le concours du Patronage.” Difficile de ne pas y voir de l'humour lorsqu'on confronte ce "toutefois" à certaines archives.

Car, désormais, le Service de santé ne fait pas que tolérer les écarts de Marie Curie, il les encourage. Au plus haut lieu.

Haret, par exemple, qui a été nommé responsable de la radiologie au ministère. Il fait passer à Marie une demande d'installation que le médecin-chef d'une ambulance de Dannemarie lui a adressée directement. Il y ajoute un post-scriptum savoureux.

Pour éviter des ennuis au Méd. Maj. Lamoureux qui n'a pas fait passer par la voie hiérarchique cette demande, peut-être pourriez-vous écrire au Dir. du Service de Santé du Détachement Armée de Lorraine (D. A. L.) pour lui demander s'il accepterait une installation pour Dannemarie, des renseignements personnels vous faisant supposer qu'on aurait besoin là d'un poste radiologique[6].

Les "règlements compliqués" restent compliqués mais la radiologie progresse. Peut-être même un peu trop rapidement. Le Service de santé ne tarit pas d'éloges sur "l'inépuisable" Marie Curie, il ne peut plus se passer d'elle.

Madame,

Je vous suis très reconnaissant de l'aide que vous nous donnez et nos blessés comme nos chirurgiens vous doivent une profonde gratitude. Votre venue dans la 6e armée sera fort utile, car en fait de radiographie les besoins augmentent d'autant plus qu'on les satisfait davantage, le radiogramme devient une nécessité[7].

La machine militaire s'est emballée. Dans son désir de rattraper le temps perdu, Justin Godart a vu trop grand. Sur le terrain, ses troupes ne parviennent pas à suivre la cadence infernale qu'il tente de leur imposer.

L'informateur fidèle de Marie Curie, le Dr Thévenin, toujours au volant de la voiture de Mme de Ganay, l'alerte.

Amiens, le 5 août 1916

Madame,

Rolland a dû vous écrire et vous raconter les tribulations de l'Équipage Radiologique n° 21. Vous savez qu'en vue de l'offensive de la Somme les nombreuses formations sanitaires constituées dans la région ont été pourvues de postes radiologiques. Mais si les installations étaient abondantes, les radiologues étaient rares.

Rolland fut donc envoyé à l'HOE de Cerisy-Gailly et moi je restai seul à la voiture. M. Nimier, en m'enlevant Rolland, me chargea de m'occuper exclusivement de l'Hôpital 78 (Hôpital Lavallard) et du Pavillon Duvauchel. À l'Hôpital 78, qui a été considérablement agrandi, se trouvent le Service de Neurologie de l'Armée et un service de Chirurgie osseuse. Au Pavillon Duvauchel se trouve un Service de Chirurgie générale.

Ces trois formations ont d'ailleurs amplement suffi à m'occuper du matin au soir. J'ai pu faire en effet pendant le mois de juillet 588 opérations radiologiques. Sans manipulateur c'est beaucoup et je ne pense pas que je pourrai continuer longtemps à assumer seul une telle charge[8].

Amiens est le centre névralgique de toute l'intendance de la bataille de la Somme. En vue de l'affrontement, on y a construit des entrepôts d'approvisionnement, des usines d'aéronautique, des pistes d'atterrissage, des routes, des voies de chemin de fer. Les hôpitaux occupent tous les espaces suffisamment vastes qui restent disponibles dans la ville, écoles, couvents, terrains de sport.

Pour la radiologie, l'armée a anticipé sur les

besoins en matériel mais pas en personnel. En poste dans la cité bouillonnante où affluent les blessés en provenance du front, Thévenin voit très vite les effets de cette erreur sur le terrain : "Il a été constitué beaucoup d'équipes de fortune, manquant souvent d'expérience. La conséquence de cet état de choses est la fréquence des pannes et des accidents de matériel."

Une panne, c'est un convoi de blessés qu'on ne pourra examiner. Un manipulateur peu expérimenté, c'est une radio qui donne des informations fausses ou approximatives. Dans les deux cas, des hommes mourront ou resteront infirmes. Pour Marie Curie, à l'heure où la valeur de la radiologie vient enfin d'être reconnue, ce n'est pas acceptable.

"Le but qu'il ne convenait pas de perdre de vue était, en effet, de procurer le bénéfice de l'examen radiologique à tous les blessés sans exception[9]."

C'était la seule manière d'éviter des erreurs de diagnostic potentiellement fatales pour des blessés qu'on allait devoir évacuer. "Il m'est arrivé de faire l'examen du crâne d'un soldat qui avait été trépané pour l'extraction d'un éclat d'obus, alors qu'il avait aussi dans la tête une balle de fusil dont on n'avait pas soupçonné l'existence."

Le seul outil, aussi, qui pouvait éviter de "chercher à tâtons et à coups de bistouri le corps étranger souvent englobé dans des tissus qui en interceptent le contact. [...] Trop souvent, en effet, uniquement guidé par la position de la plaie, le chirurgien a vainement cherché l'éclat d'obus ou la balle dont il n'avait pu apprécier le trajet, parfois considérable ; trop souvent, malgré de multiples entailles et des délabrements de grande étendue, le projectile s'est dérobé à une recherche longue et obstinée."

Marie a fait en sorte de donner la vue aux chirurgiens, elle ne peut accepter qu'on les laisse opérer les yeux bandés.

Ce ne sont donc plus des voitures à nez plat, des écrans au platinocyanure, du diamidophénol ou des ampoules faites d'un verre sans plomb qu'elle va devoir trouver. Ce sont des hommes.

LE RÉSEAU

Madame,

Comme suite à notre conversation j'ai le plaisir de vous faire savoir que M. Commanay, mon collègue de physique de Henri IV, ferait volontiers de la radiologie, soit à poste fixe, soit sur une voiture[1].

Marie Curie réactive son réseau. Ici, c'est Pierre Massoulier, chimiste, normalien, qui répond à sa demande. Les attaches universitaires de Marie Curie, renforcées par celles du Patronage des blessés, lui permettent de localiser les enseignants qui ont le potentiel pour être formés à la radiologie. Il suffit de faire circuler le message, rapidement.

"Des candidats tout particulièrement qualifiés étaient les professeurs de physique, les ingénieurs, les élèves des grandes écoles, les pharmaciens, raconte Marie dans son manuscrit. Beaucoup d'entre eux parmi ceux plus âgés étaient affectés dès la mobilisation au service de garde-voies ou analogues."

Depuis le début de la guerre, Marie Curie s'efforçait de puiser dans le vivier d'exemptés ou de mobilisés affectés à des postes sans intérêt. Parmi les renseignements qu'elle se procurait lors de ses déplacements, figuraient des noms, des matricules.

> Leroy, classe 1905, Caporal au 10e Génie, employé à la surveillance de maçons construisant une caserne à Toul ou de trois hommes occupés à la lessive du linge de la Cie. Ingénieur diplômé de l'École de Physique et de Chimie[2].

La lourde machine administrative de guerre laissait passer dans son tamis quelques bonnes volontés qui seraient plus utiles ailleurs. Mais Marie avait ses informateurs, postés dans les zones stratégiques de cette nouvelle bataille : les salles obscures de radiologie.

Chère Madame,

[...] Permettez-moi de vous signaler d'une manière toute spéciale M. Panis, radiologue émérite qui, par suite de ma propre affectation à l'autochir[3] 14, a été placé à la réserve de personnel sanitaire de l'HOE 18 d'Hargicourt et qui risque dès lors de ne pas se voir utiliser conformément à ses aptitudes[4].

Quelques demandes touchantes commençaient à lui parvenir directement, calligraphiées comme des lignes d'écolier. Son activité était maintenant de notoriété publique.

Madame Curie,

Veuillez tout d'abord m'excuser de la liberté que je prends de vous écrire, c'est dans le seul but de me rendre plus utile à la patrie.

Je désire vivement solliciter de votre haute bienveillance et votre otorité [sic] pour me faire affecter à un service de radiologie au front, connaissant très bien l'emploi et le maniement des tubes et appareils à rayons X, j'ai même eu le grand honneur d'assister Monsieur le Docteur Béclère[5].

En marge, l'écriture de Marie Curie : "demandé". Il s'agissait de faire remonter toutes ces informations par voie directe au bureau radiologie du Service de santé. Marie en avait maintenant le pouvoir. À l'inverse, au ministère, Haret lui faisait redescendre d'autres informations, moins officielles.

Ministère de la Guerre

Madame,

Je vous adresse confidentiellement la liste des manipulateurs qui nous ont été refusés et que vous pourriez faire utiliser par les Médecins Chefs des formations qui vous demandent des installations[6].

Suit une liste de vingt-six noms, grades, affectations.

Lors de ma récente permission à Paris j'ai vu le Docteur Haret qui a eu la gentillesse de me demander au GQG en qualité de manipulateur d'équipage radiologique, je suis dans l'attente d'une réponse [...] mais je crains qu'il soit difficile d'avoir satisfaction parce que je suis au front depuis dix-huit mois.

Je crains Madame de vous déranger et vous prie de m'excuser et de croire à mon entier dévouement.

Louis Chagnon

Maréchal des Logis, 103e Artillerie Lourde, 25e Batterie[7].

La guerre avait ses raisons.

> Le Service de Santé, après avoir épuisé toutes les possibilités en personnel capable d'une formation utile, se décida à ouvrir un enseignement de manipulateurs. Toutefois, le recrutement laissait grandement à désirer, étant déterminé par des raisons d'ordre militaire, plutôt que par des considérations de capacité.

Les relations entre Marie Curie et le Service de santé s'étaient grandement améliorées, mais le "toutefois" demeurait.

Marie était dans une impasse. Elle avait épuisé le stock de ses connaissances, directes ou indirectes. Et il restait des postes à pourvoir. On se battait depuis trois mois dans la Somme. Amiens avait besoin de renfort.

Il restait bien quelqu'un…

Insensible à la vue du sang et aux bombardements.

ELLE L'A FAIT

Amiens, samedi, octobre 1916, 6 h du matin

Mé chérie,
Hier mon voyage s'est bien passé.

Amiens, joli cadeau pour ses dix-neuf ans. Cette fois, Irène ne doit pas seulement pratiquer les examens et former un manipulateur, il lui faut aussi mettre en place tout un nouveau service de radiologie dans un hôpital militaire. Elle part avec le matériel dans ses bagages. Il y a un an, elle était à Hoogstade. Il y a trois mois, sa mère l'a envoyée à Montereau. Elle vient d'obtenir son certificat de physique. Comment Irène vit-elle sa nouvelle affectation ? Elle le raconte quatre décennies plus tard.

Je surmontai les petites difficultés du moment en réussissant à extraire mes appareils du train, alors que le déchargement des wagons prenait normalement 15 jours dans une ville bombardée par les avions et encombrée de transports militaires de toutes sortes, et j'installai rapidement le poste avec l'aide d'un sergent et d'un jeune étudiant en médecine[1].

La routine.
Et une priorité : le matériel.

Mé chérie,
J'ai installé hier l'appareillage Gaiffe qui marche bien. J'ai dû aussi mettre l'ampoule que j'avais apportée, l'autre marchant mal ; on pourra peut-être la régler. J'ai obtenu une toile cirée. J'ai réclamé qu'on mette des rideaux pour faire à la radiologie une antichambre obscure.

Irène ressemble beaucoup à son père mais elle a tout de même pris quelques petites choses de sa mère. Une fois que la tornade a obtenu du personnel de l'hôpital tout ce dont elle avait besoin pour pouvoir travailler dans de bonnes conditions, elle fait la connaissance de ses nouveaux collègues.

Le Docteur B. est gentil, mais encombrant au-delà de toute expression. Je lutte pour qu'il n'abîme pas les appareils ; il doit me trouver encombrante aussi…

Marie devait sourire en lisant cette lettre. Irène, dix-neuf ans, robe blanche et voile d'infirmière, aux prises avec un médecin militaire, dans une ville en ébullition, au sein d'un hôpital sur les lignes arrière de la Somme. Elle se défendait bien, sa fille.

Mais la suite était plus inquiétante.

… Ce matin on vient de trouver une balle dans une tête sur mes indications. Cela ne s'est pas très bien passé parce que le Docteur B. a donné une fausse indication dont est résulté un malentendu qui a allongé l'opération, mais heureusement j'assistais et cela s'est arrangé.

Je t'embrasse, chérie.

Irène

Pour chaque blessé, Irène doit se battre. Beaucoup de chirurgiens ne l'écoutent pas. Elle est trop jeune, ils préfèrent opérer sans son aide.

Irène ne comprend pas. Certes, à Hoogstade,

elle était arrivée avec sa mère, les médecins avaient eu le temps de voir ce dont elle était capable avant de travailler avec elle. Mais à Montereau, elle était seule, comme ici. Et elle n'avait jamais été confrontée à une telle hostilité.

> C'est alors que je m'aperçus que le travail de mon prédécesseur, qui était un des rares médecins radiographes militaires du temps de paix, avait ancré dans l'esprit du médecin-chef de l'hôpital la conviction que la radiographie ne servait absolument à rien[2].

Depuis le début de la guerre, Marie a vécu cela de nombreuses fois. Les chirurgiens qui avaient été déçus par des examens imprécis, des machines mal réglées, des indications fausses, étaient les plus difficiles à convaincre. Ceux qui ne connaissaient rien à la radiographie devaient seulement accepter de changer leurs habitudes. Ce n'était pas toujours simple, cela prenait du temps mais, s'ils trouvaient l'éclat à l'endroit précis qu'elle avait indiqué, ce qu'ils appelaient un "miracle[3]" les convertissait. Les autres, ceux qui y avaient cru mais qu'on avait trahis, étaient perdus.

“Cette radiographie nous a complètement trompés”, disait, je m’en souviens, l’un d’eux avec une conviction profonde, après une opération manquée qui l’avait particulièrement affecté.

Mais rien n’est jamais perdu. Marie encourage sa fille. Même si c’est difficile, même si elle est jeune et qu’ils sont plus nombreux, elle va y arriver. Elle en est capable.

— Sois patiente et courageuse.

Sur la table d’opération, le médecin-chef de l’hôpital cherche l’éclat d’obus dans la cuisse du blessé. Il est entré par là, a broyé le fémur ; le médecin tente de suivre son chemin. Il cherche, à coups de scalpel. Et ne le trouve pas. Pourtant la pièce de métal est encore là. Il arrive que l’éclat pénètre très loin de son point d’entrée. Il arrive aussi qu’il se déplace à l’intérieur du corps. La main cherche, le scalpel taille. Le blessé endormi perd beaucoup de sang. S’il n’extrait pas l’éclat, il va mourir. Mais où est-il ? Tout indique qu’il n’est pas ressorti. Même la radiologie le dit…

Le compte rendu d’Irène est à portée de main, juste à côté de la table d’opération. Elle le laisse toujours, même s'ils ne le regardent pas. Des mesures, le dessin d'un fémur, un schéma. Un chemin.

Grâce aux indications d'Irène, le médecin-chef put opérer à temps. À partir de ce jour, ils travaillèrent ensemble.

> Quand le service fut bien en marche et le médecin-chef tout à fait converti aux mérites de la Science appliquée à la Médecine, ma mère vint voir le service à l'occasion de la visite d'un inspecteur général militaire du Service de santé. Je me souviens d'avoir réprimé une forte envie de rire quand j'entendis ma mère parlant avec cet inspecteur, faire allusion aux divers postes qu'elle avait installés… "avec votre gracieuse autorisation". Or, le nom de l'inspecteur en question revenait toujours dans les conversations de ma mère à propos des difficultés qu'elle rencontrait de la part du Service de santé militaire pour installer des postes dans les zones des armées[4].

Chavasse ! Marie avait la rancune tenace. Poussa-t-elle le vice jusqu'à faire son entrée dans la cour de l'hôpital au volant de son automobile ?

Marie Curie venait de passer son permis.

"Certificat de capacité pour la conduite des voitures à pétrole", délivré à "Mme Veuve Pierre Curie Marie", le 28 juillet 1916, préfecture de la Seine[5].

Tout en bas de la petite carte, elle ajoute à la main – une vieille habitude, cette manie de gribouiller les papiers officiels : "Je dis : Madame veuve Curie."

UN MÉTIER

Les mésaventures d'Irène ont mis en lumière un nouveau problème. L'envoi sur le terrain de mauvais radiologues met en péril l'essor de la radiologie. En multipliant les erreurs, non seulement ils n'apportent aucune aide aux blessés qu'ils examinent, mais ils risquent de décourager les chirurgiens. L'engouement pour la radiologie est jeune, fragile. Si ces mauvaises expériences se répandent dans les hôpitaux, elle pourrait être remise en question aussi vite qu'elle est apparue.

Et le matériel, les besoins, les méthodes ont évolué. Depuis 1914, on a mis au point des appareils plus perfectionnés, de nouveaux outils sont venus s'y adjoindre, des dizaines de procédés de localisation ont été éprouvés. C'est l'un des paradoxes de la guerre : elle fait progresser la médecine. Toutes les guerres.

Celle-ci a fait naître ce que l'on n'appelait pas encore "la chirurgie reconstructrice faciale", pour les gueules cassées ; "la prise en charge psychiatrique du stress post-traumatique", pour ces soldats choqués, tremblants, qu'on retrouvait errant dans les tranchées après l'obus, le mort, la peur de trop ; "l'imagerie médicale", pour l'extraction des projectiles, le suivi des fractures ouvertes multiples, le traitement des gazés.

Marie le constate chaque jour un peu plus, la radiologie est en train de devenir un métier. Les premières équipes sont au front depuis plus de deux ans. Elles ont dû faire face à tant de situations extrêmes, tant de blessures d'une nature inédite, qu'elles ont improvisé, imaginé, affiné, sublimé leur travail. Les rapports que lui adresse le Dr Thévenin sont plus détaillés, plus techniques. Et les enjeux plus grands.

> Le service de Neurologie me fournit chaque jour deux ou trois lésions par projectiles de la colonne vertébrale. Il importe de faire là des localisations très précises. Si, en effet, le projectile est dans la moelle épinière, il est inutile d'intervenir, le blessé mourra

dans les 2 ou 3 jours qui suivront. Mais s'il y a seulement fracture d'une vertèbre et compression de la moelle par le projectile ou par les esquilles, une intervention sauvera le blessé.

Pour ces blessés je fais donc d'abord une première localisation radioscopique sommaire. Grâce à cette localisation je puis, avec mes ampoules bien centrées, faire une bonne radiographie avec l'aide du localisateur compresseur. Cette radiographie servira à étudier les lésions osseuses. Je fais ensuite une radiographie avec double image sur la plaque, ma 1re image correspondant au rayon normal, la 2e obtenue par un déplacement de 5 cm de l'ampoule, la hauteur de l'anticathode à la plaque étant de 60 cm. J'obtiens en général de très bons clichés avec double image du projectile, des apophyses épineuses et des corps vertébraux. Par rapport à ces repères osseux, je puis ainsi situer exactement un projectile et savoir par exemple qu'il se trouve entre le corps vertébral et les apophyses, c'est-à-dire dans le canal médullaire. Le déplacement et la hauteur connus de l'ampoule me permettent de donner au chirurgien des profondeurs au millimètre, dont j'ai pu contrôler, hélas ! l'exactitude à l'autopsie[1].

Au début de la guerre, un tube à rayons X, un appareil simple, une image nette, suffisaient à faire des "miracles". Aujourd'hui les miracles exigent d'être plus performant.

La radiologie est devenue un métier, Marie va ouvrir une école.

Les hommes font la guerre, elle formera des femmes.

Et puisqu'une des rares femmes chirurgiens, le Dr Girard-Mangin, est en train de monter une école d'infirmières – baptisée du nom d'une autre femme, fusillée par les Allemands pour avoir fait échapper des centaines de soldats alliés du territoire belge occupé –, c'est avec elle qu'elle va travailler.

De vieux complices refont surface.

Le Médecin Principal de 2e classe Bergonié, Médecin-Chef de l'Hôpital Temporaire no 4, à Mme le Professeur Curie

Madame et Cher Collègue,

Laissez-moi vous féliciter de l'idée d'une École de manipulatrices pour radiographie à l'Hôpital

Édith Cavell! Parmi les très nombreuses circulaires que nous recevons tous les jours, celle qui vous cite comme Professeur de cette nouvelle et si utile École m'a vivement intéressé. J'y ai répondu aussitôt et je vous adresse deux élèves auxquelles, malgré mes lourdes occupations, j'avais pu faire quelques leçons sur l'emploi des rayons X en médecine. Je vous les recommande. Elles sont portées en tête du papier officiel que j'ai remis : ce sont Mlles Bellot et Erhard, Infirmières temporaires, diplômées avant la guerre de notre École d'Infirmières du Tondu, attachées à un Hôpital après la mobilisation – 30 mois de service – munies de leur diplôme primaire élémentaire.

Elles ne savent pas grand-chose, mais elles ont bonne volonté d'apprendre et ne sont pas trop maladroites. J'espère pouvoir les rattacher, après leur cours suivi, à mon service de radiographie de la 18ᵉ Région, car on me prend de plus en plus mes infirmiers dressés, pour en faire je ne sais quoi de moins utile[2].

Bonne volonté d'apprendre, c'est tout ce que Marie demande. Aucun diplôme n'est requis pour intégrer l'école, les postulantes sont seulement soumises à une journée de concours, visant à vérifier qu'elles ont acquis un niveau minimal d'instruction : lecture, calcul, compréhension. Marie ne recherche pas des femmes éduquées, qu'on ne trouve encore essentiellement que dans les classes aisées, mais un profil : "actif, habile et débrouillard[3]". Les connaissances, c'est elle qui les leur donnera.

Dès l'origine de son projet, elle a deux objectifs, bien distincts, mais très clairs. Répondre à cette urgence de former du personnel compétent, pour la radiologie de guerre. Et raviver ce rêve de jeunesse, où les enfants d'ouvriers et de paysans apprennent à lire, où les femmes étudient les sciences, où le partage du savoir conduit à un monde meilleur. La radiologie est devenue un métier, les femmes doivent "conquérir" le droit de l'exercer.

Et c'est bien ce mot que Marie emploiera, dans le tract appelant au "Recrutement de Personnel Féminin[4]", distribué dans la dernière année de la guerre, lorsque son école aura fait ses preuves : "L'expérience a été concluante, une centaine de femmes ont conquis le diplôme d'Aide-Manipulatrice en radiologie." Elle ajoute : "Peut devenir manipulatrice toute personne réfléchie, soigneuse, adroite de ses mains et pourvue d'une culture moyenne." Et conclut : "Après la guerre, elle trouvera, sans doute, l'emploi de ses connaissances dans les hôpitaux civils, les dispensaires, les maisons de santé, les sanatoria…" Marie voit loin.

Les demandes affluent.

Elles s'appellent Crouzet Jeanne, Fage Marthe, Munier Yvonne ou Fricotin Angèle ; Mlle Blanche ou Rougier Madeleine. Elles sont mère de famille, infirmière militaire, sage-femme ou couturière. Parfois aussi, cousine de baronne. Elles veulent aider, à titre bénévole, ou aider et trouver un métier. Leur fils, leur époux est mort dans les tranchées ; elles doivent travailler, pour élever les petits qu'il leur a laissés. Elles sont célibataires et la vie s'ouvre à elles, laissez-passer vers la liberté. Elles n'en peuvent plus ou elles n'ont pas voulu fabriquer des obus. Elles veulent apprendre.

Marie va leur apprendre. C'est son métier. Par séries de vingt élèves, en deux mois de cours intensifs – six semaines lorsqu'il y a urgence. Électricité, mesures de courant et de potentiel, phénomènes d'induction, appareillage radiologique, théorie du fonctionnement des ampoules et des soupapes, méthodes d'observation radioscopiques et radiographiques. Pour être performantes, faire des repérages précis, entretenir et réparer leur matériel, elles doivent tout comprendre. Nul ne sait où elles seront affectées, sans doute "dans un coin retiré où l'on ne peut espérer aucune aide d'un autre que de soi-même[5]". L'objectif de Marie est que ces femmes acquièrent leur autonomie.

> On pouvait se demander ce qu'il serait possible d'obtenir d'un enseignement technique très spécial et comprenant des notions scientifiques assez délicates et difficiles, cet enseignement s'adressant à des élèves d'un niveau atteignant rarement celui du baccalauréat ou du brevet supérieur. L'expérience montra que, à condition de donner à l'enseignement une forme très pratique, on peut adapter les notions essentielles de manière à les rendre parfaitement assimilables pour les élèves auxquelles elles s'adressent.

La pratique alliée au rêve, c'était un peu l'histoire de Pierre et Marie. L'histoire de sa vie. "Je prends le soleil et je le lance…"

L'Université volante lui avait ouvert les portes de son premier laboratoire. Seule, le soir, quand les chercheurs étaient partis et qu'un ami lui avait permis de s'y glisser, elle essayait de reproduire des expériences décrites dans les livres de sciences. Elle se trompait, réessayait, finissait par comprendre.

Plus tard, après son mariage avec Pierre, lorsqu'elle donnait ses premiers cours dans l'enseignement secondaire, elle s'était battue pour que ses élèves aient droit à des travaux pratiques. À l'époque, les femmes n'enseignaient qu'aux femmes, elle était professeur à l'École de jeunes filles de Sèvres – la Normale sup féminine –, les sciences n'y étaient pas encore une priorité. Elle y laissa de profonds souvenirs.

Encore plus tard, à la rentrée scolaire qui suivit la disparition de Pierre, elle ne remit pas Irène à l'école. Voulait-elle la garder avec elle ? Marie trouvait que les enfants travaillaient trop, dans le système scolaire français, et ne faisaient pas assez de sport.

Avec ses proches, elle met au point une sorte de phalanstère d'éducation alternative. Chaque jour, la dizaine d'enfants de ce cercle d'intimes se réunit discrètement pour une seule leçon, donnée par l'un de leurs parents, dans son laboratoire.

La presse, qui surveille de près la veuve célèbre qu'elle n'a pas encore reniée, s'en amuse, sans comprendre la portée visionnaire de l'expérience. "Ce petit monde qui sait à peine lire et écrire, dit un échotier, a toute licence de faire des manipulations, de construire des appareils et d'essayer des réactions… La Sorbonne et l'immeuble de la rue Cuvier n'ont pas encore sauté, mais tout espoir n'est pas perdu[6] !"

Jean Perrin leur enseigne la chimie, Paul Langevin les mathématiques, Marie Curie la physique[7].

> Grâce à elle, les phénomènes abstraits et ennuyeux dépeints dans les manuels reçoivent l'illustration la plus pittoresque. Des billes de bicyclettes, trempées dans de l'encre, sont abandonnées sur un plan incliné où, décrivant une parabole, elles vérifient la loi de la chute des corps. Un pendule inscrit ses oscillations régulières sur du papier fumé. Un thermomètre, construit

et gradué par les élèves, consent à fonctionner en accord avec les thermomètres officiels, et les enfants en conçoivent un immense orgueil…

Marie leur transmet son amour de la science et son goût de l'effort. Elle leur apprend aussi ses méthodes de travail. Virtuose du calcul mental, elle insiste pour que ses protégés le pratiquent : "Il faut arriver à ne *jamais* se tromper, affirme-t-elle ; le secret est de ne pas aller trop vite." Qu'une des apprenties crée du désordre en construisant une pile électrique, Marie se fâche tout rouge : "Ne me dis pas que tu nettoieras « après » ! On ne *doit pas* salir une table pendant un montage ou une expérience…"

La lauréate du prix Nobel donne parfois à ces bambins ambitieux de simples leçons de bon sens.

— Comment feriez-vous pour garder chaud le liquide contenu dans un récipient ? demande-t-elle un jour.

Aussitôt Francis Perrin, Jean Langevin, Irène Curie – les étoiles scientifiques du cours – proposent des solutions ingénieuses : entourer le récipient de laine, l'isoler par des procédés raffinés… et impraticables.

Marie sourit et dit :

— Eh bien, moi, je commencerais par mettre un couvercle.

Le rêve du savoir, la pratique pour y accéder. C'est ce que Marie a vécu, transmis à ses enfants, puis aux jeunes filles de l'École de Sèvres. Et le cadeau qu'elle offre maintenant à des femmes adultes qui ne sont jamais allées à l'université.

Paris, le 2 octobre 1916

Madame,

L'inauguration officielle de l'Hôpital-École Édith Cavell est fixée au mercredi 11 octobre à 2 heures. Nous espérons que vous nous ferez l'honneur d'y assister avec Mademoiselle Curie.

[...] La rentrée de l'École est fixée au 9 octobre. Le Dr Girard-Mangin sera à votre service pour l'organisation de votre service et de votre enseignement[8].

DEUX LETTRES

Les apprenties aides-manipulatrices de radiologie furent-elles impressionnées par cette prix Nobel qui s'intéresse à elles ? Sans doute. Marie Curie était exigeante et l'urgence imposait qu'elles comprennent vite.

Des femmes de toute origine sociale, sans culture scientifique et de niveaux scolaires disparates, allaient se côtoyer pendant plusieurs semaines. Beaucoup d'entre elles découvraient l'univers de souffrance qu'était l'hôpital et les étranges machines de cette salle obscure, dont on leur expliquait qu'elles pouvaient sauver, mais qu'elles portaient aussi en elles un danger dont elles devaient se protéger. Tabliers de plomb, gants, lunettes. On leur parlait de rayons invisibles, et pénétrants. Elles voyaient des blessés. Les approchaient, leur parlaient. Pratiquaient sur ces hommes leur premier examen radiologique, se trompaient, recommençaient.

Quelle était l'atmosphère de ces cours de guerre ? Tendue par les enjeux ? Allégée par cette joie d'apprendre ? Lequel de ses visages leur montrait Marie ?

Une photo donne un premier indice, publiée par la presse de l'époque[1]. Marie Curie, qui contribuait "à la prompte guérison de nos héroïques blessés", était redevenue fréquentable, mais elle demeurait "la veuve et la collaboratrice du grand savant français".

Quatre femmes – la moitié en tenue de ville, l'autre en tenue d'infirmière – sont sagement alignées derrière la table d'examen et le tube à rayons X. Sur la droite de l'image, Marie Curie, robe noire et tablier blanc, se tient debout, les deux mains appuyées, presque accrochées, à une chaise en osier, à côté du Dr Girard-Mangin. La femme médecin porte la blouse blanche et le calot des chirurgiens. Est-ce parce qu'elle sort d'une longue journée en salle d'opération qu'elle a voulu s'asseoir ? Les deux femmes se regardent. Marie sourit. Elle a l'air calme, apaisée.

"Je n'oublierai jamais la douceur de ses gestes

quand elle touchait un blessé", témoignera Marthe Klein[2].

Cette jeune femme, ancienne élève de Marie à Sèvres, sortie première de l'agrégation féminine de physique, quitta son poste de professeur de mathématiques au lycée de Versailles pour répondre à l'appel de Marie : elle avait besoin d'une personne sûre pour la seconder dans son enseignement de radiologie.

"Je voudrais dire la grande confiance que Marie Curie avait dans le bon sens et la volonté de ces femmes, quel que soit leur milieu social", rapporta Marthe Klein.

Irène, qui préparait son certificat de chimie mais venait aussi fréquemment aider sa mère à l'école des manipulatrices, en eut la même perception. C'est sans doute elle qui raconta à sa sœur l'anecdote qu'Ève rapporte dans sa biographie. L'une des apprenties, ancienne femme de chambre, réussit pour la première fois à développer à la perfection une plaque radiographique : Marie "s'en réjouit comme d'un triomphe personnel[3]".

Mais bien plus que ces témoignages indirects, deux lettres, conservées par Marie, révèlent les heures que ces femmes ont vécues à l'école de Marie Curie, et aussi ce qu'elles sont devenues.

La première est datée du 23 août 1917 et postée d'Épernay, Hôpital n° 24. Esther Eybalin y a été affectée.

Madame,

Que devez-vous penser de votre élève ? C'est une ingrate. Oh ! non Madame, loin de vous cette pensée, car votre élève ne vous oublie pas et il ne se passe pas un jour sans que je parle de vous.

D'abord, laissez-moi vous remercier très tardivement peut-être, mais non moins sincèrement, non seulement de vos bonnes leçons, mais de tout ce que vous avez fait pour moi.

Vous ne sauriez croire, Madame, combien je suis fière d'avoir été votre élève, c'est pour moi la plus haute des récompenses que le ministre m'a accordée "être l'élève de Mme Curie". Croyez, Madame, que je tiens à vous faire honneur et je voudrais que vous voyez [sic] mon travail, vos leçons ne sont pas tombées sur un terrain rocailleux ; j'ai des plaques bien jolies, bien développées, pas de petits doigts, pas une égratignure, je suis jalouse de mon travail.

Aurai-je, Madame, l'heureux bonheur de votre

visite à Épernay? Je serais contente de vous faire voir ce que je fais, vous verriez que j'ai fait de grands progrès.

J'ai écrit à Mlle Curie dès mon installation, je l'invite à venir me voir, j'espère, Madame, que vous voudrez bien.

[...] Je sais que la prochaine session commence le 1er septembre, je prendrai ma permission à cette époque et je serai heureuse d'assister aux cours et de faire travailler les élèves, je leur ferai copier tous les cours et je pense venir leur voir passer l'examen à la fin du mois ; je les encouragerai à faire tous leurs efforts, afin d'arriver à l'examen avec de bonnes notes et de pouvoir faire au lendemain de bonnes manipulatrices, je les engage surtout à persévérer dans cette étude, c'est vraiment intéressant, je ne regrette pas d'avoir travaillé[4].

À la fin de sa lettre, l'ancienne élève de Marie Curie se plaint de son affectation :

Le travail n'est pas très grand et je peux faire mieux et plus aussi je pense, Madame, que vous me ferez l'honneur de me réserver un poste tout à fait à l'avant, je n'ai peur de rien. Je désirerai [sic] un poste intéressant où l'on opère sous les rayons et cela ne peut se trouver que très près du front.

À bientôt, Madame, l'heureux plaisir de vous revoir et d'écouter à nouveau vos bonnes leçons et excellents conseils.

Croyez, Madame, en l'admiration et en la profonde reconnaissance de votre dévouée élève.

Esther Eybalin

P.-S. J'ai eu l'occasion de parler de vous avec M. le Capitaine Lecomte qui était avec vous à Verdun.

Onze mois plus tard, Marie reçoit un papier officiel, accompagné d'une photo.

Ve Armée
Direction du Service de Santé

ORDRE No 116

Le Médecin Inspecteur, Chef Supérieur
du Service de Santé de l'Armée
Cite à l'Ordre du SERVICE DE SANTÉ DE L'ARMÉE
(Croix de Guerre avec Étoile de Bronze)
EYBALIN (Esther), Infirmière Militaire,
Hôpital Complémentaire No 24

"Dans la nuit du 31 Mai au 1er juin, pendant les bombardements de son hôpital, a prodigué ses soins aux blessés. Jetée à terre lors de l'éclatement de bombes, s'est cependant portée spontanément au secours des blessés restés dans les baraques atteintes par les projectiles. Restée volontaire après l'évacuation de l'hôpital, elle a eu une conduite particulièrement digne d'éloges dans le travail d'identification des morts."

QG, le 18 Juillet 1918
Le Médecin Inspecteur ALVERNHE
Chef Supérieur du Service de Santé
de la Ve Armée[5]

"Je suis fière pour vous, Madame, et pour l'École[6]", ajoute Mlle Eybalin. Transférée au front, elle vient de travailler trois jours et deux nuits d'affilée, elle ne se plaint pas. Sur la photo elle pose, sa Croix de guerre épinglée à une blouse immaculée, et un large sourire au visage.

La seconde lettre raconte un autre destin. Elle est datée du 1er octobre 1918 et postée d'Héricourt.

Madame et Cher Professeur,

J'ai le triste devoir de vous annoncer la mort de ma collègue, Mademoiselle Henriette Couzin, décédée dimanche 29 septembre à 3 h 10 de l'après-midi.

[...] N'ayant pas encore son service de radiologie installé, elle s'est offerte spontanément pour soigner les nombreux ypérités et contagieux qui nous arrivent sans cesse, et c'est en service qu'elle a attrapé la grippe, étant déjà incommodée et souffrant de la gorge par les gaz, sa grippe s'est bien vite compliquée de bronchopneumonie, elle a été enlevée en 5 jours.

[...] Sa mort fut très édifiante, elle a eu conscience de son état jusqu'au bout et a fait le sacrifice de sa vie pour la France avec calme et résignation.

Elle a pensé à tout, a réglé ses affaires et fait ses recommandations.

C'est elle qui m'a chargée de vous prévenir, Madame, ainsi que Mlle Curie, Madame Girard-Mangin, et ses compagnes.

[...] L'inhumation aura lieu jeudi 4 octobre à 2 h de l'après-midi, la levée du corps se fera à la chapelle de l'HOE et l'enterrement au cimetière militaire[7].

Deux lettres, deux élèves.

Pour les cent soixante-dix-huit autres aides-manipulatrices radio que Marie Curie forma dans son école jusqu'à la fin de la guerre, on ne peut qu'imaginer.

1917

LE DÉSASTRE DU CHEMIN DES DAMES ENTRAÎNE DES MUTINERIES. LA GUERRE SOUS-MARINE FAIT ENTRER L'AMÉRIQUE DANS LA GUERRE. LA RÉVOLUTION EN FAIT SORTIR LA RUSSIE.

BURN OUT

Ministère de la Guerre

Chère Madame,

Tout d'abord l'absence de bons de transport était l'effet d'une erreur du Cabinet, malgré que je lui eus signalé la nécessité de vous les envoyer d'urgence. La faute est réparée, vous avez dû recevoir ces bons.

Quant aux voyages aux Armées, je ne vous ai pas parlé d' incompatibilité avec ceux de M. Hirtz, mais de double emploi, puisque M. Hirtz a été chargé par le Ministre de faire l'inspection de tout le personnel radiologique. Or vous savez la difficulté pour obtenir les laissez-passer aux Armées, de la part du GQG ; c'est la raison pour laquelle M. Godart m'a refusé votre demande, et le refus a été si catégorique que je ne me crois pas autorisé à lui représenter la requête.

[...] Pour répondre à votre objection : "si mes élèves vont aux Armées, j'estime que je puis en faire autant", je vous citerai d'abord mon cas : je m'occupe des Armées, et je ne puis y aller ! D'autre part, vos élèves y vont, certes, mais pour être affectées définitivement à un poste désigné.

Enfin, chère Madame, vous vous plaignez que vos relations officielles non seulement n'ont pas reçu de "forme satisfaisante mais se heurtent toujours à des difficultés nouvelles".

Reconnaissant la haute valeur des services que vous nous rendez, je me suis toujours efforcé de vous faire donner satisfaction, toutefois, l'autorité du Ministre reste entière et lorsqu'il refuse, je suis bien obligé de me rendre à l'évidence. C'est ainsi qu'il n'a pas cru devoir vous autoriser à aller aux Armées.

[...] Recevez, je vous prie, chère Madame, l'assurance de mes respectueux sentiments.

Haret[1]

Marie Curie est fatiguée.

Depuis quelque temps, elle souffre et doit s'aliter. Ces vieilles douleurs rénales qui viennent la torturer, comme après l'affaire Langevin.

Est-ce cette bataille permanente qui l'épuise ou le sentiment qu'elle ne s'arrêtera jamais ? Plus de deux ans que les soldats se font broyer dans les tranchées, sans perdre ou gagner autre chose que des morceaux de terrain. Et maintenant, on s'entretue. Des centaines de milliers de morts dans l'offensive Nivelle du Chemin des Dames, des mutineries, des fusillés. Il semble que l'absurde ne connaisse pas de fin.

Même Irène ne va pas bien. Elle maigrit, elle est déprimée. "Dans son désir de bien faire", dira sa mère, elle a "abusé de ses forces". Il faut qu'elle se repose. Désormais elle ne partira plus en mission prolongée, elle va se concentrer sur l'école de manipulatrices et sur ses études. Les sciences, au moins, c'est rationnel.

Elle l'aidera aussi pour le laboratoire. Tout n'a pas été encore déménagé de la rue Cuvier. Dès que l'une ou l'autre a une minute, elles en profitent pour ranger des papiers, nettoyer une balance, transporter des livres ou des instruments de recherche. La voiture personnelle de Marie lui sert aussi à ça, quand elle ne part pas remplacer en urgence un manipulateur enlevé brutalement à son poste pour aller on ne sait où.

Il y a longtemps qu'elle n'a pas fait de recherche. Ça lui manque.

Le nouveau laboratoire est encore en chantier, des caisses pleines d'objets, pas de bibliothèque, mais elle s'y est installée. Rue Pierre-Curie, c'est là qu'on lui écrit maintenant. "Madame Curie, 1, rue Pierre-Curie." Et tant de choses à ranger.

Le courrier, les factures, les carnets de ces années de guerre sont à portée de main. Il lui arrive peut-être de relire une lettre ; de celles qui lui font du bien, comme Esther Eybalin.

Je forme des vœux pour que votre santé soit aussi florissante que possible et s'il est vrai que je suis une mascotte, vous ne serez jamais plus fatiguée ; mais pour cela, Madame, il ne faut pas travailler autant, il vous faut prendre un peu de repos, la France a besoin de vous donc il faut vous ménager.

J'espère que la santé de Mlle Curie s'est beaucoup améliorée et je pense la revoir bien portante et fraîche comme une rose. Vous avez là, Madame, une enfant admirable, d'une intelligence supérieure, il est rare de trouver de telles jeunes filles. Combien vous devez être heureuse et fière, beaucoup de mamans doivent vous envier ; je vous assure que j'admire Mlle Curie et que si elle me le permet même après la guerre, je continuerai à correspondre avec elle[2].

Esther a raison, il y aura un "après la guerre". Nivelle avait remplacé Foch, Pétain remplace Nivelle, il a promis qu'il n'y aurait plus d'offensives inutiles ; on attend le débarquement des troupes américaines ; il y a tout de même de l'espoir. Le tsar a abdiqué, il y a toujours un après.

Et même s'il est éreintant, le travail de guerre de Marie Curie porte ses fruits. À la fin de l'année, elle aura formé sa centième manipulatrice radio. Les derniers chiffres que lui a adressés Thévenin sont rassurants : la 6e armée, qui n'avait en 1915 que trois voitures radiologiques, toutes fournies par le Patronage, pour un front de soixante-dix kilomètres (Soissons-Montdidier), disposait pendant l'offensive du Chemin des Dames, sur un front moitié moins étendu (Soissons-Fismes), de plus de cinquante postes radiologiques[3].

Ce n'est pas le moment de baisser les bras. La paix reviendra, le laboratoire renaîtra, Marie reprendra ses recherches. Et son travail de guerre n'est pas terminé. Il lui reste un combat à mener.

La vieille lettre de Bergonié traîne au milieu des papiers. Une petite phrase ajoutée en fin de post-scriptum l'a peut-être fait sourire : "L'enfant que vous m'avez confié est toujours où nous l'avons placé, sous bonne garde. D'ailleurs ce qui fait sa sécurité, c'est que personne ne connaît son état-civil et qu'il n'est sous la protection d'aucune administration[4]."

Oui, c'est bien son enfant, leur enfant, et c'est avec lui qu'elle va lancer son ultime offensive.

Cet enfant possède des pouvoirs extraordinaires, il vaut 750 000 francs[5] et pèse un gramme.

LE GRAMME

L'histoire de ce gramme commence avec la main de Bertha.

Elle s'étend sur plusieurs générations de savants. Elle est emblématique de cette chaîne de la science, où les chercheurs de fond se passent le relais, et de cette foi qui animait Pierre et Marie Curie, faire de la vie un rêve et d'un rêve une réalité.

Car au bout de la chaîne de cette recherche pure en sciences physiques, sans que quiconque ait pu le prévoir, ce gramme s'opposerait à la mort.

"Rien n'est à craindre dans la vie, tout est à comprendre", aurait dit Marie Curie.

Il est temps de comprendre.

À la fin du XIXe siècle, la nouvelle de la découverte des rayons X s'était répandue à une vitesse vertigineuse pour une époque sans téléphone, sans radio, sans télévision, sans Internet. C'était le temps de la science triomphante, la presse s'en faisait l'écho retentissant et les savants, lorsqu'ils n'étaient pas en concurrence, échangeaient leurs informations.

Röntgen fait sa première observation le 8 novembre 1895[1]. Il attend d'avoir fait suffisamment d'expériences pour communiquer sa découverte à une académie de physiciens allemands, le 28 décembre. Cinq jours plus tard, la nouvelle paraît dans le *Frankfurter Zeitung* et le 13 janvier 1896 elle est reprise par le quotidien parisien *Le Matin*.

Un scientifique français, qui lit et parle l'allemand, a déjà reçu une copie des comptes rendus de Röntgen et de la main de Bertha. C'est Henri Poincaré, l'un des derniers grands savants universels, dans ce tournant des sciences où l'envolée des connaissances imposera la spécialisation. Mathématicien féru de physique et de philosophie, ce descendant des philosophes grecs est aussi le cousin de Raymond Poincaré, qui sera le président de la République de la France en guerre.

Le 20 janvier 1896, Henri Poincaré présente

les travaux de Wilhelm Röntgen à l'Académie des sciences de Paris, ainsi que les premières "photographies par rayons X" réalisées par deux savants français, dans cette séance à laquelle assistait le Dr Béclère. Mais nous ne sommes pas à l'Académie de médecine : ce qui intrigue les savants réunis ce jour-là, c'est la nature, l'origine de ces rayons inconnus jusqu'alors.

Poincaré émet une hypothèse. Röntgen a constaté que les rayons proviennent d'une zone précise du tube, qui devient fluorescente lorsque le courant électrique le traverse. Ne serait-ce pas alors la fluorescence qui serait à l'origine des rayons X ? Si c'était le cas, toutes les matières fluorescentes émettraient des rayons X, invisibles, en plus des rayons de lumière, que l'on voit à l'œil nu.

Pour mener les expériences qui permettraient de vérifier cette hypothèse, Poincaré se tourne vers un autre membre de l'Académie, présent à cette séance, Henri Becquerel. Car la fluorescence, c'est Becquerel. Depuis trois générations.

La fascination avait commencé avec le grand-père. Lors d'un voyage à Venise, il découvre la lagune scintillante de millions d'algues lumineuses ; absorbant la lumière du jour, elles la renvoient la nuit, *like faint fairy lights.* Envoûté, il élèvera des vers luisants et collectionnera des minéraux fluorescents. Parmi eux, des cristaux d'uranium : lorsqu'on les expose suffisamment longtemps à la lumière, ils brillent. Cette curiosité n'avait jusqu'alors été exploitée que par les fabricants de céramique : depuis l'Antiquité, des plats et des verres, faits de cette matière, l'ouraline, se parent d'une couleur vert fluo.

Son fils, deuxième représentant de la dynastie Becquerel, prend la relève. Il enrichit sa collection au Muséum d'histoire naturelle et se passionne pour la photographie, qui n'est rien d'autre que la réaction chimique de sels d'argent exposés à la lumière.

Suivant la trace de ses père et grand-père, Henri Becquerel devient le spécialiste international de ces phénomènes de luminescence.

Pour mener les expériences qui pourraient lui permettre de vérifier l'hypothèse de Poincaré, Becquerel utilise des sels d'uranium. Il prend une plaque photographique, entourée de ce papier noir qui la protège des rayons de lumière ; il pose dessus des petits flacons contenant les sels d'uranium ; et expose le tout au soleil pendant une journée. L'uranium émettra de la lumière, mais cette lumière ne pourra pas traverser le papier. Si la plaque photographique est imprimée à l'emplacement des tubes, c'est que d'autres rayons auront été émis, plus puissants, les fameux rayons X.

Les premiers résultats sont encourageants. Dans sa chambre noire, Becquerel développe la plaque photographique : à l'endroit où étaient posés les tubes d'uranium, elle est imprimée.

Pour confirmer ces premières expériences, le savant en imagine d'autres. Entre la plaque photographique et l'uranium, il insère une pièce de monnaie : l'objet métallique devrait faire obstacle au passage des rayons X.

Là encore, l'expérimentateur peut être satisfait : après exposition au soleil, le développement de la plaque révèle une magnifique image en négatif. Tout autour de l'endroit où reposait la pièce, les sels d'uranium ont noirci la plaque. Au centre de ce halo sombre, un rond, gris clair : la pièce d'argent a partiellement bloqué les rayons X. Et, faisant le fier, le profil de la

Marianne apparaît en blanc : aucun rayon n'a traversé cette partie en relief de la pièce, où le métal est plus épais.

Becquerel est à deux doigts de communiquer sa découverte. Le mauvais temps va lui sauver la mise et lui valoir un prix Nobel.

Alors qu'il s'apprête à faire une dernière expérience avant d'envoyer sa communication à l'Académie, il se met à pleuvoir. Becquerel range donc sa petite installation dans un tiroir – plaque photographique et sels d'uranium, avec une croix de Malte intercalée entre les deux, ça change de la Marianne. Il attendra qu'il y ait du soleil pour la ressortir.

Pourquoi a-t-il finalement décidé de développer cette plaque ? C'est l'un des nombreux mystères de la recherche. Mais il l'a fait. Et qu'a-t-il vu, dans sa chambre noire ? Malgré le fait que l'uranium n'a pas été exposé au soleil, il a imprimé la plaque. Dans le halo sombre se découpe la silhouette blanche de la croix de Malte.

Le 2 mars 1896, Henri Becquerel présente ses résultats à l'Académie des sciences. Les rayons X ne proviennent pas de la fluorescence.

L'uranium, même lorsqu'il n'est pas exposé à la lumière, émet des rayons pénétrants.

Les deux mois suivants, il étend ses expériences à d'autres matières fluorescentes : aucune de celles qu'il teste n'émet de tels rayons. C'est donc de l'uranium qu'ils proviennent et ils n'ont rien à voir avec les rayons X. Il les baptise "rayons uraniques". Et il pose la question dans une nouvelle communication à l'Académie des sciences, le 18 mai 1896 : "Où l'uranium emprunte l'énergie qu'il émet avec une telle persistance ?"

C'est à cette question que va tenter de répondre Marie Curie. Elle a vingt-huit ans, est arrivée en France il y a cinq ans, a rencontré Pierre il y a deux ans, est sa femme depuis un an. Elle a passé deux licences à la Sorbonne, ès sciences physiques et mathématiques, et ne va pas tarder à être reçue première à l'agrégation de physique.

Pendant l'année qui suit la découverte de Becquerel, Marie Curie travaille, et donne naissance à Irène. Mais elle a déjà choisi son sujet de thèse. Aucune femme n'est encore docteur ès sciences physiques, voilà une "grave lacune" qu'elle entreprend de combler. Elle étudiera donc les rayons uraniques pour ses recherches de doctorat.

Pierre est alors professeur à l'École de physique de Paris, il mène ses propres recherches, en cristallographie, dans des coins de couloir de l'école et dans le laboratoire de travaux pratiques destiné aux élèves, en dehors des heures de cours. Marie est autorisée à travailler avec lui.

“Il me sembla que la première chose à faire était de mesurer le phénomène avec précision[2].”

Trois mois après la naissance d'Irène, Marie effectue ses premières manipulations en laboratoire. Elle exploite une propriété qu'avait découverte Becquerel : les rayons uraniques génèrent une tension électrique, détectable à l'électroscope. Plus le rayon est puissant, plus l'électroscope réagit. Ses graduations permettent de la quantifier.

Elle met au point un procédé expérimental qui lui permet d'obtenir des données extrêmement précises, grâce à un instrument inventé par Pierre quelques années plus tôt, le quartz piézoélectrique. Et elle soumet l'uranium à des traitements divers (chaud, froid, mouillé, éclairé, etc.). Elle constate qu'il dégage en toutes circonstances la même quantité de rayonnements.

L'énergie des rayons uraniques est donc un phénomène purement physique, lié à la matière elle-même : le rayonnement de l'uranium est une propriété de l'atome.

Marie baptise ce phénomène "radio-activité".

Nous sommes en avril 1898, elle travaille depuis quatre mois.

Où l'uranium emprunte-t-il l'énergie qu'il émet ? En lui-même.

Déjà Marie pressent ce que même ce rêveur de Pierre eut du mal à admettre : l'atome n'est pas insécable, immuable, comme on le croit depuis l'Antiquité. Il se passe quelque chose au sein de l'atome, qui le transforme. Et cette transmutation génère de l'énergie.

Peut-elle seulement l'imaginer à ce moment-là ? L'outil qu'elle est en train de façonner donnera aux chercheurs du monde entier les moyens de le prouver. Il faut continuer.

Marie cherche si d'autres substances pourraient avoir la même propriété et découvre que le thorium est lui aussi radioactif.

Mais un fait étrange attire son attention. Dans sa recherche de substances radioactives, elle a étudié un nombre considérable de minéraux, dont les scientifiques connaissaient la composition : son protocole lui a permis d'établir que le niveau de radiation qu'ils émettaient était chaque fois proportionnel à leur teneur en uranium ou en thorium, ce qui était parfaitement logique. Mais deux minéraux échappent à cette règle : leur activité est trois fois plus importante que ce qu'ils devraient émettre au vu de l'uranium ou du thorium qu'ils contiennent.

Marie répète ses expériences, elle a peut-être fait des erreurs dans ses mesures ou le traitement de ses données. Pierre, qui l'a aidée dans la mise au point de son protocole et suit de près la progression de son travail, les reproduit à son tour. Ils parviennent à la même conclusion, aucune erreur n'a été commise.

Une hypothèse s'impose à eux : il y a autre chose dans ces minéraux, une substance inconnue.

Leur composition ayant été étudiée, cette substance ne peut être présente qu'en infime quantité. Mais elle suffit à les rendre trois fois plus radioactifs que tout l'uranium et le thorium qu'ils contiennent : sa puissance est extrême.

Cette substance, il faut la trouver.

La quête du gramme est lancée.

Pierre abandonne ses recherches pour travailler avec Marie.

"Comme nous ne connaissions aucune des propriétés chimiques de cette substance inconnue, mais seulement qu'elle émettait des rayons, c'est par ces rayons que nous devions la chercher."

Cela revient à chercher les millions de fragments d'une aiguille invisible, disséminés dans un champ de foin.

Le champ de foin, c'est la pechblende, un minerai qui provient d'une mine allemande, Joachimsthal. Par des procédés chimiques classiques, Pierre et Marie Curie séparent peu à peu ses composants. Ils les testent à chaque étape avec leur montage électroscope-quartz piézoélectrique et n'en conservent que la partie la plus radioactive. Et recommencent. Encore et encore. Le tamis se resserre.

Dès le mois de juin, à partir d'une pechblende

trois fois plus active que l'uranium, ils obtiennent un produit trois cents fois plus actif.

Le 13 juillet, dans le carnet de laboratoire[3] où se mêlent leurs écritures – fouillis et raturée pour Pierre, droite et propre pour Marie –, deux lettres apparaissent : "Po", le symbole chimique du polonium. Cinq jours plus tard, ils annoncent leur découverte dans une note à l'Académie[4]. "L'un de nous deux" entre dans l'histoire des sciences.

Cinq mois plus tard, ils ont identifié une seconde substance[5]. Le produit qu'ils ont obtenu est neuf cents fois plus actif que l'uranium. Sur le carnet de laboratoire, au milieu d'une page blanche, de la main de Pierre, on peut lire : "Radium ?"

Certains savants restent sceptiques. Aucun des deux produits obtenus par Pierre et Marie Curie ne présente ces nouveaux éléments, polonium et radium, à l'état pur. Tant qu'ils n'auront pas été isolés, la preuve scientifique de leur existence n'aura pas été apportée.

Il leur faudra quatre ans pour y parvenir.

Ils devront traiter presque trois tonnes de pechblende pour obtenir un décigramme de radium pur. Il est un million de fois plus actif que l'uranium. Il dégage de la chaleur. Et il brille dans la nuit, d'une lueur bleutée.

C'est l'époque du hangar – une ancienne salle de dissection de l'École de médecine – et des chaudrons fumants. En le découvrant, un savant[6] dira qu'il "tenait à la fois de l'étable et du hangar à pommes de terre. Si je n'y avais pas vu des appareils de chimie j'aurais cru que l'on se moquait de moi."

L'époque des jours heureux, aussi. Le 25 juin 1903, Marie soutient sa thèse "sur les substances radioactives". Moins de six mois plus tard, elle est prix Nobel. La récompense couronne les recherches sur le phénomène des radiations : une moitié est attribuée à Becquerel, l'autre à Pierre et Marie Curie. La naissance d'Ève, l'année suivante, vient clore cette boucle enchantée, qui s'était ouverte avec la naissance d'Irène.

Ève a seize mois lorsque Pierre meurt.

Marie hésite à reprendre sa chaire de physique à la Sorbonne. Mais c'est le seul moyen pour elle de poursuivre les recherches qu'ils ont entreprises ensemble. Elle accepte.

À la veille de la guerre, Marie est parvenue à isoler un gramme de radium pur.

Le radium qui se trouve en possession de Mme Curie, Professeur à la Faculté des Sciences de Paris, constituant un bien national de grande valeur, ordre est donné à Mme Curie d'en faire le dépôt entre les mains du gouvernement français, afin de le mettre en lieu sûr pour la durée de la guerre[7].

Les Allemands avancent sur Paris, tout ce que la capitale compte de pouvoir exécutif – ministres, sous-ministres et administration – s'est replié à Bordeaux. "Le mettre en lieu sûr", oui, "en faire le dépôt entre les mains du gouvernement français", certainement pas. C'est son gramme, il lui appartient. Il lui a fallu des années de travail épuisant pour l'obtenir, c'est l'outil avec lequel elle mène ses recherches, son bien le plus précieux, son enfant. Leur enfant.

Dans les premiers jours de septembre 1914, Marie Curie prend le train pour Bordeaux avec, pour seul bagage, un gramme qui pèse une tonne. Le puissant radium voyage sous la protection d'une caisse de plomb.

“J’étais très embarrassée avec un sac si lourd, je ne pouvais pas le porter[8].”

Dans le train défilent à travers la vitre “les longues lignes de voitures qui emportent leurs passagers loin de la capitale”.

Il fait nuit lorsqu’elle arrive en gare. Tous les hôtels sont pleins. Marie est bien embarrassée avec son gros sac, “lorsqu’un sympathique employé de ministère qui était arrivé par le même train se débrouilla pour me trouver une chambre dans un appartement privé”.

Le lendemain matin, “je me précipitai pour mettre le radium en lieu sûr et je réussis, non sans mal, à prendre le soir même un train militaire qui partait sur Paris”.

La tradition des biographes de Marie Curie veut que ce “lieu sûr” soit le coffre d’une banque. Et Marie en préserve en effet le secret. Dans la lettre qu’elle adresse à Irène à son retour, elle ne donne aucun détail à sa fille.

Paris, dimanche 6 septembre 1914

Ma douce chérie,

Je suis revenue à Paris après avoir fait un déplacement de deux jours pour affaire. Ce n'était pas de votre côté, hélas, c'était vers Bordeaux. J'ai constaté que les voyages sont chose difficile, et c'est ce que me confirme la lettre de Marguerite. Le train où j'étais a fait plusieurs arrêts en plein champ, et l'on ne trouvait aucune nourriture le long du trajet.

Pourtant, une personne est au courant : Bergonié. Il habite Bordeaux et sa première lettre – où il répond à la demande d'ampoules de radiologie – est sans équivoque : "L'enfant que vous m'avez confié est toujours sous bonne garde[9]." La seconde – dans laquelle il envoie à Marie deux infirmières pour son école de manipulatrices radio – est tout aussi explicite : "Merci à l'avance de ce que vous pourrez faire pour mes deux élèves et croyez aux bien sympathiques sentiments de haute estime de votre ancien… dépositaire[10] (!)."

Coffre de banque ou laboratoire de Bergonié ? Ou peut-être coffre de Bergonié à la banque ? Peu importe. Contrairement à l'ordre qui lui était donné, Marie Curie n'a ni déposé son gramme de radium entre les mains du gouvernement, ni attendu la fin du conflit pour le récupérer. Il est temps pour lui de se rendre utile.

1, RUE PIERRE-CURIE

Dans un petit local de son nouveau laboratoire, Marie recueille les gaz radioactifs que le radium dégage de manière continue. Une pièce entière est affectée à cette délicate opération. Un récipient, à l'intérieur duquel est enfermé le radium mis en solution, est relié à un appareil, qui emprisonne la substance que le radium rejette sous une forme gazeuse.

Ce que Marie recherche, c'est "l'émanation" du radium : un produit actif, qui est la source de l'un des trois types de rayons que produit le radium, les rayons γ.

Chaque semaine, Marie répète ce rituel. Elle puise les gaz et les soumet aux traitements destinés à séparer l'émanation purifiée. Puis elle prend un tube de verre étroit, l'immerge dans de l'air liquide pour le refroidir et le relie à l'appareil qui renferme l'émanation. Celle-ci est maintenant condensée et prisonnière du tube de verre.

Sous cette forme, une grande partie de la puissance du radium peut être contenue dans un faible volume. Et Marie peut l'emporter, “sans compromettre la sécurité de cette précieuse matière”.

Mais avant de partir, elle fait une dernière opération. Elle prend le tube étroit et le divise en minuscules ampoules qu'elle scelle.

Marie sort du local et traverse la cour pour rejoindre la pièce du laboratoire où sont installés l'électroscope et le quartz piézoélectrique.

Dans le jardin, les tilleuls qu'elle a plantés ont bien grandi.

C'est la première chose qu'elle a faite, sept ans plus tôt, lorsqu'on lui a présenté le terrain sur lequel s'élèverait son domaine. L'architecte Nénot était bien gentil mais il ne parlait que plans, façades et volumes. C'était trop petit, d'ailleurs, elle le savait déjà. Il fallait voir plus loin, plus grand. Ce n'est pas lui qui penserait aux arbres. Les arbres, il leur faut du temps, pour devenir grands.

Elle avait attendu que l'architecte soit parti et elle était revenue, avec de jeunes pieds de tilleuls, une bêche, une pelle et un arrosoir, sur le terrain vague de la montagne Sainte-Geneviève où allait se construire "l'Institut du Radium".

Pour les rosiers, elle attendrait un peu, que la façade soit montée. Sinon les ouvriers allaient les écraser.

Les tilleuls, les fleurs, le pavillon Curie, la rue rebaptisée, tout cela c'était pour Pierre. Elle n'avait accepté sa chaire à la Sorbonne que dans "l'espoir de faire édifier un jour, en son souvenir, le laboratoire digne de lui qu'il n'a jamais eu, mais qui profiterait à d'autres pour développer sa pensée[1]".

Le prix de cet espoir fut une épreuve. "Tu aurais été heureux de me voir professer en Sorbonne", lui écrivit Marie dans son journal intime, le lendemain de son premier cours, "et moi-même je l'aurais si volontiers fait pour toi. Mais le faire à ta place, ô mon Pierre pouvait-on rêver une chose plus cruelle[2]."

La foule de badauds, de mondains, journalistes et curieux, mêlée aux étudiants, débordait sur la place. Le Grand Amphithéâtre n'était pas assez grand pour abreuver la soif d'un tel spectacle. Une femme, en deuil, à la Sorbonne.

La tradition voulait que ceux qui professaient pour la première fois y fassent un discours plein de belles paroles et d'élans du cœur : l'éloge de leur prédécesseur.

Marie entra, attendit que le silence revienne, et reprit le cours "à la phrase précise où l'avait laissé Pierre[3]".

Ce laboratoire, elle l'avait obtenu, et les tilleuls commençaient à masquer, depuis le pavillon Curie, ce bâtiment jumeau, construit juste en face, qui venait compléter l'Institut du Radium : le pavillon Pasteur. Marie aimait les grandes fenêtres et la tranquillité. Chacun chez soi.

Le Dr Émile Roux avait été très clair lorsqu'il lui avait exposé son projet. Il voulait lui offrir ce laboratoire dont elle rêvait, mais l'Institut Pasteur ne pouvait le faire qu'en y associant des recherches relevant de son domaine. Le pavillon Curie étudierait les propriétés physiques et chimiques du radium ; le pavillon Pasteur, ses applications biologiques.

En l'écoutant, Marie Curie avait été saisie d'une subite inquiétude. On n'allait pas lui prendre son gramme ?

Roux s'était fait rassurant. Le prendre, non. Seulement le lui emprunter, de temps en temps. Dans ce futur Institut du Radium, il faudrait bien mener quelques recherches médicales avec cette substance, si "précieuse" fût-elle, et les premières tentatives étaient prometteuses. Cela faisait longtemps qu'il avait ce projet, il voyait loin, lui aussi. Une donation providentielle venait de lui en donner les moyens. Le très riche banquier Osiris s'était pris de passion pour ce drôle de savant qui n'aimait pas l'argent – sauf celui qu'on peut mettre dans les laboratoires. Il avait fait de l'Institut Pasteur son légataire universel.

Marie Curie n'aurait même pas à quitter la Sorbonne. Roux venait de passer un accord avec l'Université, c'est elle qui gérerait le laboratoire du pavillon Curie. Le pavillon Pasteur serait sous la coupe de Roux. Pour le diriger, il avait choisi un médecin lyonnais – non, il n'était pas très connu à Paris. C'était un de ses anciens élèves du "cours de microbie", ouvert à la création de l'Institut Pasteur. Fin connaisseur des cellules. Afin de mieux comprendre leur fonctionnement, il avait étudié l'impact des rayons X sur les spermatozoïdes. Ses résultats ? Stérilisation de plusieurs fournées de lapins. Et d'un bélier.

Tout cela était bien intéressant, mais quel rapport avec Marie Curie et son radium ?

Le rapport ? Le cancer.

Devant l'électromètre de son laboratoire, Marie pose l'une des minuscules ampoules qu'elle a scellées dans le petit local. Quinze millimètres de long, un demi-millimètre de diamètre. Et une puissance sur laquelle l'aiguille de l'électromètre lui donne une première indication.

Elle la note sur une feuille blanche et commence à faire ses calculs. Chaque jour, l'émanation perd une parcelle de sa force, il faut être précis. C'est en millicuries que se mesure la radioactivité, depuis que Marie Curie a mis au point l'étalon qui sert de référence dans le monde entier. Un hommage à Pierre, voulu par ses confrères.

Pour chacune des ampoules qu'elle a fabriquées, Marie établit le tableau de décroissance de la radioactivité. Puis elle les enferme dans une mallette plombée, quitte le pavillon Curie, salue ses tilleuls, traverse la rue Pierre-Curie, et s'en va les livrer.

Le cancer?

Émile Roux avait pris le temps d'expliquer à Marie ce qu'il avait en tête en poursuivant l'histoire de son ancien élève, le médecin et chercheur lyonnais.

Grâce à ses expériences sur les lapins – et le bélier –, il avait compris le cycle de reproduction des cellules de spermatozoïdes. Et la manière de les éliminer avec des rayons X, en les détruisant à la source : en visant les cellules qui leur donnaient naissance, les "cellules mères", les "cellules souches". Il s'était alors demandé : "Si on peut stériliser les spermatozoïdes, pourquoi ne pourrait-on pas « stériliser » les cancers?" Les cellules cancéreuses présentent beaucoup d'analogies avec les cellules des spermatozoïdes : elles se reproduisent très vite, à partir de cellules mères.

Roux savait bien que son élève n'était pas le seul à chercher dans cette voie. D'autres tentaient de détruire les tumeurs cancéreuses avec des rayons X ; leur technique portait même un nom, “röntgenthérapie”. Mais lui le faisait de manière scientifique, calculée. Il ne cherchait pas seulement à réduire la tumeur, il voulait l'empêcher de se reproduire, la tuer à la source. Ses premiers traitements sur des patients inopérables donnaient un commencement d'espoir.

Marie l'écoutait. Et le gramme ?

Le gramme pourrait servir à expérimenter les effets du radium sur les cellules cancéreuses. Sa puissance n'est-elle pas considérable ?

Oui, Marie se souvenait, Pierre avait cru à cela. Il avait eu la folie de reproduire l'expérience de chercheurs allemands. Pendant dix heures, il avait apposé l'un de ces *glowing tubes* sur son bras. Et il avait fait part de ses résultats à l'Académie[4].

> Après l'action des rayons, la peau est devenue rouge sur une surface de 6 cm ; l'apparence est celle d'une brûlure, mais la peau n'est pas ou est à peine douloureuse. Au bout de quelques jours, la rougeur, sans s'étendre, se mit à augmenter d'intensité ; le vingtième jour, il se forma des croûtes,

> puis une plaie que l'on a soignée par des pansements ; le quarante-deuxième jour, l'épiderme a commencé à se former sur les bords, gagnant le centre, et, cinquante-deux jours après l'action des rayons, il reste encore à l'état de plaie une surface de 1 cm qui prend un aspect grisâtre indiquant une mortification plus profonde.

Le radium avait le pouvoir de détruire les cellules. Après cette expérience, Pierre en avait prêté des échantillons à des médecins. On avait appelé cette nouvelle méthode de traitement des cancers la “radiumthérapie”.

Pierre y croyait.

Mais Marie ne s'était jamais préoccupée de tout cela, ce n'était pas son domaine. Elle, sa passion, son talent, c'était la physique pure, la recherche fondamentale, l'atome.

Émile Roux était devenu insistant. Aucune recherche sérieuse n'a encore été menée sur le traitement des cancers par radiumthérapie. L'Institut du Radium pourrait faire cela.

Marie avait dit oui. Elle prêterait son radium – de temps en temps – mais ne se mêlerait pas des recherches menées au pavillon Pasteur. Chacun chez soi et les tilleuls entre les deux.

Avant de quitter Roux, elle avait demandé le nom de ce chercheur lyonnais en qui il mettait tant d'espoir.

Le Pr Claudius Regaud.

Les tilleuls continuaient de pousser mais la guerre avait tout arrêté, il n'y avait plus de chercheurs au pavillon Pasteur.

Le Pr Regaud venait de déménager à Paris, avec sa femme et ses quatre enfants, lorsque l'Europe s'était embrasée. La construction de l'Institut du Radium avait pris quatre ans, beaucoup plus que prévu, le pavillon Pasteur ouvrait à peine ses portes. Il avait eu le temps de lancer ses premières expériences, avec des lapins, encore. Puis il était parti, en tenue militaire, diriger cet hôpital des Vosges où l'armée l'avait affecté, Gérardmer.

La mobilisation avait vidé les deux laboratoires de tous leurs travailleurs. Marie était restée seule, avec ses tilleuls. Et elle avait mené le combat que l'on sait. Et la guerre avait duré.

Roux la tenait informée des batailles que Regaud livrait de son côté. Son refus d'évacuer les blessés ; l'hôpital illégal qu'il avait installé à Gérardmer ; et cette Légion d'honneur qu'il avait reçue des mains du président, par un de ces retournements de la politique, lorsque avait éclaté le scandale de la prise en charge des blessés, transformant son hôpital rebelle en une structure modèle.

Marie écoutait Roux d'une oreille distraite, elle avait des voitures à aménager.

Il lui avait raconté, aussi, cette rencontre fortuite entre Claudius Regaud et Justin Godart, qui l'avait fait venir dans son ministère.

Depuis, Marie l'avait croisé quelques fois. Ils se saluaient mais ne se parlaient pas. La double prix Nobel intimidait Regaud. Marie le connaissait à peine, elle ne lui montrait pas le visage qu'elle réserve à ceux qu'elle aime. Et elle avait des postes fixes de radiologie à installer.

Au ministère, Regaud, arrivé plein d'espoir, commençait à croire qu'il y perdrait son âme, devant cette lenteur, et l'atmosphère pesante d'une capitale truffée d'"embusqués". Marie installait son école d'aides-manipulatrices de radiologie. Ils ne se croisaient plus.

Regaud avait fini par obtenir de quitter le ministère pour mener un projet qu'il avait initié : une faculté de médecine aux armées, qui formerait rapidement les médecins du front aux nouvelles connaissances générées par la guerre. Ce qu'il avait vécu dans son hôpital de Gérardmer, ce qu'il avait compris derrière son bureau du Service de santé, c'est que les vraies réformes partaient du terrain. La chirurgie faisait des progrès, la médecine devenait plus scientifique, mais ce savoir n'était pas suffisamment partagé.

Il était parti de Paris pour aller à Bouleuse ouvrir le premier centre moderne de traitement des plaies de guerre, regroupant la recherche, les soins et l'enseignement. Marie était allée à Bordeaux chercher son gramme de radium. Ils ne se croiseraient plus.

Et puis la guerre avait fait émerger une donnée nouvelle. Tant d'hommes rassemblés avaient mis sous les yeux des autorités non seulement les blessés, mais aussi les malades. Les chiffres étaient inquiétants. Depuis que les vaccins parvenaient à contrer certaines maladies infectieuses, d'autres pathologies devenaient visibles. Le cancer était le nouveau “fléau social[5]”.

Dans beaucoup d’hôpitaux que Marie traversait, il y avait des malades. Elle ne pouvait plus dire, encore moins penser, que le monde médical n’était pas son domaine. Tant de frontières étaient tombées. Une découverte relevant de la physique pure, les rayons X, lui avait permis de secourir un grand nombre de blessés. Le radium le pouvait à son tour. Plus encore que par sa lueur bleue dans la nuit, il était comme Pierre l’avait rêvé : beau.

Alors, chaque semaine depuis quelques mois, Marie descend dans le petit local de la rue Pierre-Curie, pour extraire du radium son émanation. Elle l’emprisonne dans les ampoules de verre. Et va les porter à Mme Laborde, pour les militaires hospitalisés dans le Grand Palais, et au Dr Dominici, pour les civils de la Pitié. Là, beaucoup de malades se côtoient, cancer du col utérin, du sein, de la joue, du rectum, de la peau, du nez, de la thyroïde. Les minuscules ampoules sont mises au contact des tumeurs ; directement pour les tumeurs superficielles ; insérées dans une aiguille pour les tumeurs profondes. Parfois, l'émanation extraite par Marie Curie est en partie renvoyée vers d'autres hôpitaux qui en font la demande.

Avec les ampoules, ces lieux de traitement par radiumthérapie mis en place pour le temps de la guerre reçoivent le tableau très précis qu'a établi Marie pour chacune d'entre elles, indiquant son niveau d'activité, décroissant chaque jour, afin que les médecins puissent adapter le temps de leurs séances en cours de traitement. En retour, Marie obtient parfois des comptes rendus de soins. Quelques-uns sont encourageants.

> Mme S., cancer du sein propagé à l'aisselle. La tumeur de la région axillaire, qui était énorme et infiltrait les muscles de la partie latérale gauche de la poitrine, est presque complètement disparue – suppression de l'hémorragie, de la suppuration et relèvement de l'état général. Mme F., cancer du col utérin. Amélioration considérable, disparition des douleurs, de l'hémorragie, de la suppuration, réduction de la tumeur[6].

Personne ne sait alors combien vont en guérir, ni même si certains pourront être sauvés, mais quelques souffrances leur sont épargnées.

Quelques années plus tard, Marie Curie écrira, sur cette période de la guerre de 1914-1918 : “La grande catastrophe qui s’est déchaînée sur l’humanité, accumulant des victimes en nombre effrayant, a fait surgir par réaction le désir ardent de sauver tout ce qui pouvait être sauvé, d’exploiter à fond tous les moyens pour épargner et protéger les vies humaines[7].”

Dans le petit jardin de l’Institut du Radium, les tilleuls ont perdu presque toutes leurs feuilles. C’est l’automne 1917, Marie est seule dans son laboratoire. De sa fenêtre, on voit les couloirs vides du pavillon Pasteur entre les branches des arbres.

Elle prend une feuille à en-tête “Institut du Radium, Laboratoire Curie, 1, rue Pierre-Curie”.

Elle écrit au Pr Claudius Regaud.

Elle veut le rencontrer.

LA RENCONTRE

Cette lettre[1], datée du 31 octobre 1917, est l'acte fondateur, au 1, rue Pierre-Curie, du premier centre de lutte anti-cancer de France.

Car leur rencontre a bien eu lieu.

Dans la maison de famille de Claudius Regaud, dans cette grande bâtisse des abords de Lyon où vivent son petit-fils, ses arrière-petits-enfants et leurs propres enfants, deux pièces n'ont pas bougé depuis sa mort. Un grand bureau rempli de livres de médecine aux reliures de cuir, une chambre où il prononça ses dernières paroles. Un sanctuaire, où l'on n'entre pas. Et, partout, des dossiers, des photos, des comptes rendus opératoires, les lettres à sa femme qui lui disent la violence et l'horreur du front, les plans d'un hôpital qui deviendra Bouleuse : tout son chemin de guerre. Et un agenda. Douze jours après la date où Marie Curie lui écrit, il a rendez-vous avec elle.

Ensemble, le timide chercheur provincial et la double prix Nobel, le médecin et la physicienne, ces deux rebelles qu'Émile Roux avait tenté de rapprocher, vont décider de transformer leur centre de recherche en un lieu où l'on s'efforcera aussi de soigner.

Elle a l'outil, il a la compétence. Elle fournira les doses de radium dont il a besoin, il posera les bases d'un traitement scientifique du cancer par radiothérapie.

L'organisation mise en place par Regaud pour le traitement des plaies de guerre sera appliquée au traitement du cancer. Des chercheurs, des médecins, des élèves, réunis dans un centre de soins : une préfiguration des Centres hospitaliers universitaires modernes, que Marie soutiendra de toute son influence et sa persévérance.

La guerre les a transformés. Marie Curie y a vécu au contact des blessés, d'une souffrance autre que la sienne et qu'elle pouvait apaiser. Claudius Regaud a découvert en lui des talents et une force qu'il ne soupçonnait pas. Ils peuvent maintenant se rencontrer.

À la mort de Marie Curie, Claudius Regaud écrira un éloge qui permet d'entrevoir le chemin qu'ils ont parcouru.

> Nous garderons de Marie Skłodowska-Curie son ultime image : celle d'une femme frêle, au fin visage encadré de cheveux grisonnants, au teint très pâle, toujours vêtue de noir. Quelques-uns de ceux qui l'ont occasionnellement approchée n'auront peut-être retenu d'elle que l'attitude de défense ou de résignation, qui trahissait son regret des tâches importunes auxquelles l'éclat de ses découvertes l'a condamnée dans la dernière période de sa carrière. Il est vrai que le "fardeau de la célébrité" l'accablait. Sous un abord froid et une réserve extrême, elle cachait, en réalité, une floraison de sentiments délicats et généreux. Seuls ses parents, ses amis et ses familiers l'ont bien connue[2].

Leur pudeur commune les a sans doute empêchés de se dire dans les yeux ce qu'ils disaient aux autres. Mais Marie l'aimait aussi.

En 1923, elle écrit à son frère, Francisque Regaud, député de Lyon. Elle avait fait don à son laboratoire de tout le radium qu'elle possédait – y compris de ce gramme que l'Amérique venait de lui offrir, pays auquel elle offrit en retour son autobiographie. La France se réveilla enfin : l'Assemblée nationale vota pour Marie l'attribution d'une pension. Francisque Regaud déposa un amendement pour que cette pension soit reversée à ses filles après la mort de Marie Curie.

Cher Monsieur,

Je tiens à vous remercier bien sincèrement pour la part active que vous avez bien voulu prendre dans les délibérations relatives au projet de loi récemment voté en ma faveur et tout particulièrement pour votre initiative au sujet de mes filles.

Il m'est agréable de vous dire en cette circonstance combien m'est précieuse la collaboration si amicale qui me lie depuis plusieurs années à M. le Dr Regaud, votre frère, dont on ne saurait assez apprécier les qualités de savant et le dévouement désintéressé[3].

Madame,

Je reçois votre bonne lettre qui me fait bien plaisir, [...] pour tout ce que vous me dites de bien sur mon frère. Certes, vous êtes mieux placée que personne pour le juger et l'apprécier. Vous savez combien il est modeste, dévoué et désintéressé. Entendre affirmer ces magnifiques qualités, si rares à notre époque, par quelqu'un comme vous dont toute la vie est à donner en exemple, m'est infiniment agréable, à moi qui aime si tendrement mon frère[4].

La modestie et le désintéressement du Pr Claudius Regaud lui vaudront de tomber dans l'oubli. Aujourd'hui peu de gens connaissent ne serait-ce que son nom et, lorsqu'ils le connaissent, ils le prononcent mal. Pourtant, avec le soutien de Marie Curie, Claudius Regaud – et non pas Régaud – a été le bâtisseur, savant et discret, du traitement du cancer par radiothérapie.

Dès la démobilisation, l'Institut du Radium soignera des malades répartis dans des hôpitaux de Paris. Mais c'est une perte de temps et d'efficacité : pour les regrouper, Émile Roux y consacrera un service à l'hôpital de l'Institut Pasteur. C'est vite insuffisant. La Fondation Curie sera imaginée pour financer la construction d'un hôpital. Puis d'autres laboratoires. D'autres salles de traitement. Qui seront regroupés, en 1970, sous le nom d'"Institut Curie". Trois mille personnes y travaillent aujourd'hui.

La rue Pierre-Curie a été rebaptisée Pierre-et-Marie-Curie, le pavillon Curie est devenu un musée. On peut encore y voir le bureau et le laboratoire où travaillait Marie. Et sa fenêtre. Les tilleuls sont toujours là, ils sont devenus grands.

BIEN SÛR

Bien sûr, tout ne fut pas facile. Il y eut d'autres peines et des moments de doute. Trois ans après la guerre, Marie Curie pouvait encore écrire : "Je ne suis plus jeune et je me demande si j'arriverai un jour à bâtir, pour ceux qui viendront après moi, un Institut du Radium à la hauteur de ce que je désire, pour la mémoire de Pierre Curie et dans l'intérêt de la science[1]."

Après l'armistice, elle dut se battre pour redonner vie à son laboratoire. Aller fouiller dans les stocks de l'armée américaine, répartis sur tout le territoire, pour tenter d'y récupérer de quoi reprendre ses recherches.

Elle écrivait des lettres : "Je suis très soucieuse de me procurer, pour mon laboratoire, du matériel à prix réduit car vous n'ignorez pas combien nos crédits sont insuffisants[2]."

Elle en recevait : “Il n’y a plus de microscopes. Ils ont été pris par les lycées et des médecins de Bordeaux. Il ne faut pas trop les regretter : il n’y avait plus guère que des statifs, les objectifs et les oculaires manquaient généralement. Il y a de même toute une série de petites balances, mais massacrées[3].”

Écrivait encore : “Nous pensons, M. Regaud et moi, que nous pourrions acheter quelques meubles, tables, bureaux, chaises, etc. [...] Je vous serais très obligée de bien vouloir me dire si je puis trouver des meubles de chêne pour l’Institut du Radium et si les prix en sont élevés[4].”

Calculait : “Je me vois obligée de renoncer à l’achat d’un tube Coolidge, petit modèle, dont le prix actuel dépasse mes possibilités. Je vous confirme, par contre, mon désir d’acheter : 2 boîtes de poids de précision en écrin, avec cavaliers, au prix de 80 frs l’une ; 5 boîtes de poids ordinaires, par 1 kilog., prix indiqué 20 frs ; 2 couvertures de grosse laine pour la protection calorifique des appareils du laboratoire ; 2 rames de papier machine à écrire, poids moyen[5].”

Marchandait.

Ministère des Finances, Sous-Secrétariat d'État de la liquidation des stocks, à Mme Curie, Directrice de l'Institut du Radium.

En réponse à votre lettre du 7 octobre, que vient de me transmettre le Ministre de la Guerre, j'ai l'honneur de vous faire connaître qu'il m'est impossible de consentir aucune cession gratuite ; d'autre part, je ne puis envisager le prêt, pour une période non déterminée, de matériels dont certains ne pourront être rendus que dépréciés par l'usage qui en aura été fait.

Mais en raison du but scientifique que vous poursuivez, je suis tout disposé à consentir en votre faveur, sur la valeur des objets à céder, un rabais exceptionnel de 30 %, qui s'ajouterait au rabais de 10 à 20 % destiné à tenir compte de l'état plus ou moins usagé du matériel[6].

Elle activait ses réseaux, que la guerre avait renforcés. Justin Godart avait quitté le gouvernement, il n'avait plus du ministre que le titre, mais il pouvait l'aider.

Après avoir fait un voyage à plusieurs Parcs, j'ai enfin trouvé à Bourg, près de Langres

(Hte-Marne), 2 voitures "Dodge", qui peuvent convenir pour le but proposé. Leur prix m'a été indiqué, à ce moment, à 11 400 francs. En conséquence, j'ai fait la demande d'acquisition [...]. Or, je reçois de M. Laurent, chef de Parc de Bourg, une lettre m'informant que le prix de chaque voiture est maintenant fixé à 15 400 francs.

Dans ces conditions, sans renoncer à l'acquisition de ces deux voitures, je m'adresse, Monsieur le Ministre, à votre bienveillance pour vous prier instamment de bien vouloir autoriser en ma faveur l'application de l'ancien barème.

[...] Les voitures dont je demande l'acquisition sont destinées au Service de Radiumthérapie de l'Institut du Radium, le seul qui existe en France, et doivent être employées en particulier au transport des malades et du matériel de traitement entre l'Institut du Radium et les Hôpitaux et Maisons de Santé où se font les traitements, dirigés par le Docteur Regaud[7]*.*

Elle gagnait.

Le Sous-Secrétaire d'État aux Finances
(liquidation des stocks)
à Monsieur Justin Godart, député.

Monsieur le Ministre et Cher Collègue,

Vous avez bien voulu me transmettre une lettre de Madame Curie demandant la cession de deux voitures automobiles destinées à l'Institut du Radium, au prix qui avait cours lors de l'autorisation de préemption que je lui avais consentie [...]. J'ai le plaisir de vous annoncer que je viens, par lettre de ce jour, de faire connaître à Mme Curie que la faveur qu'elle sollicitait lui était accordée[8].

Bien sûr, cette "faveur" était peu de chose, comparée à la vingtaine de voitures que Marie Curie avait équipées pour le Service de santé et que les nouveaux responsables du ministère ne voulaient pas lui rendre.

Ministère de la Guerre
Sous-Secrétariat d'État
du Service de Santé Militaire
Service du Matériel Sanitaire
et du Ravitaillement

Madame,

Le Service de Santé a été saisi à diverses reprises de demandes de restitution de voitures qui lui avaient été offertes au cours de la guerre pour concourir à l'organisation des Services techniques (équipages radiologiques, etc.).

Or, certains de ces véhicules ont été, durant la campagne, soit détruits, soit pris par l'ennemi ; d'autres sont encore en service dans les armées lointaines : Orient, Silésie, Syrie, etc. et ne sauraient être distraits de leurs missions.

J'ai donc décidé que tous les dons faits au Service de Santé resteraient acquis à l'Armée et continueraient à être utilisés pour ses besoins[9].

Mais Marie réussit à retrouver une partie des équipements radiologiques qu'elle avait installés dans les hôpitaux de guerre. Avec le Patronage, elle avait un projet : réattribuer ce matériel aux dispensaires spécialisés dans la tuberculose, pour leur donner accès à cette radiologie qui devenait une aide aux soins indispensable, et que la guerre avait permis de développer.

Parfois le matériel était cassé, parfois il avait disparu. Et lorsqu'elle parvenait enfin à en localiser, encore fallait-il le rapatrier sur Paris, dans ce chaos de l'après-guerre.

5e Région, Le Médecin Major de 1re classe Zimmern à Monsieur le Directeur de l'Institut du Radium

J'ai l'honneur de vous faire envoi de la feuille avis no 100 concernant du matériel de radiologie resté en souffrance en gare d'Ivry[10].

Pourtant, morceau par morceau, en réparant ce qui pouvait l'être, en assemblant des pièces venues de Verdun à d'autres venues de Chambéry, en attribuant chaque poste ainsi reconstitué aux dispensaires de Paris et de toutes les provinces qui en faisaient la demande – et présentaient des garanties de bon usage –, elle y parvint.

Dr H. Abbas-Brouard

Je m'engage à utiliser l'appareil radioscopique qui m'a été cédé par le Patronage National des Blessés de façon à ce qu'il rende le maximum de services au public, et en particulier à faire des examens radioscopiques à titre gratuit pour les malades qui n'ont pas les moyens de payer[11].

Bien sûr, l'Institut du Radium manquait de moyens. Marie Curie le savait, avant même d'être construit il était déjà trop petit. Mais elle y accueillit, dès la fin de la guerre, des officiers et des soldats américains qui étaient venus en France pour se battre et y restèrent pour apprendre.

Irène l'assistait dans ses cours. Bien sûr, elle était jeune pour avoir vécu une guerre et elle en a souffert, mais cette expérience avait renforcé son attrait pour la science. Après son prix Nobel, elle écrira sur cette aventure, scientifique et humaine, qui la lie à sa mère, et sur cet Institut où elle vit Frédéric Joliot pour la première fois. Paul Langevin l'avait recommandé à Marie Curie, il était devenu son préparateur : "Le laboratoire Curie constituait un centre de recherches qui se trouve directement ou indirectement à l'origine de la formation de presque tous les chercheurs français dans le domaine de la radioactivité et de la physique nucléaire[12]."

Bien sûr, du printemps à l'automne, les feuilles des tilleuls masquaient les regards entre le pavillon Pasteur et le pavillon Curie. Mais elles donnaient de l'ombre à leurs travailleurs, qui s'y retrouvaient, pour échanger des idées ou un verre de thé, préparé et servi dans la verrerie de leurs laboratoires. Une communauté de chercheurs, dont Irène faisait désormais partie. “Et bien souvent ma mère apparaissait, appuyée sur la balustrade de la terrasse de son laboratoire, pour prendre part à la conversation.”

Bien sûr, l’œuvre de guerre de Claudius Regaud, son hôpital moderne bâti à Bouleuse, fut entièrement détruit par un bombardement, au cours de la dernière offensive allemande de l’été 1918.

Bien sûr, il y eut encore des morts, des blessés, durant cette année. Et Regaud, muté au Val-de-Grâce, eut la douleur d’y voir arriver son frère, gazé dans une ultime attaque ; l’éprouvant devoir de le soigner lui-même ; la peur de ne pas y arriver.

Mais la guerre était finie et l’on pouvait encore croire que ce serait la dernière.

1918

L'HEURE DU BILAN.
NEUF MILLIONS DE MORTS,
PLUS DE VINGT MILLIONS
DE BLESSÉS, HUIT MILLIONS
D'INVALIDES.

VOITURE E

Rouchet Eugène
Copin Louis
Tardy Émile
Bakalé Torroro
Joulin Paulin
Petit-Jean Robert
Blalé Traoré
Rigagneau Fernand
Riad Djellal
Poupet Juste

Ceux-là ne sont pas morts, tout du moins pas cette fois. Ce n'est pas sur le marbre que leurs noms sont gravés mais dans le grand cahier que Marie emportait lorsqu'elle s'élançait sur les voies cabossées dans son char à nez plat. Registre[1] des blessés pris en charge par la Voiture E : l'une de ses gouttes d'eau.

Ils sont là et ils racontent la guerre.

Toulousan Étienne, 173e régiment d'infanterie. Balle de fusil dans région lombaire à gauche, près de la face dorsale, vue et localisée de face et de profil.

Bouvier Auguste, 361e régiment d'infanterie. Projectile dans le cou près de la plaie, jambe droite fracturée (cliché).

Kaba Kouaté, 1er régiment de tirailleurs sénégalais. Éclatement du tibia et éclats d'obus dans le mollet. 2 clichés face, profil.

Taraza Kurder, 1er régiment de tirailleurs algériens. Éclat d'obus dans l'avant-bras gauche, éclatement cubitus. 2 clichés.

Schaas Georges, commandant artillerie 2e ligne belge. Petits éclats dans cuisse gauche, dans avant-bras droit, dans pouce droit, dans cou. 4 plaques, 5 épreuves.

Mais aussi "Houaert Alice, fillette belge. Éclat d'obus dans le bassin" ou "Lebrun Léonie, 7 ans, de Fouquevilliers près d'Arras. 2 éclats d'obus au-dessus du genou, fracture cuisse gauche."

Et “Welcke Hermann, allemand. Fracture cuisse gauche, partie de fémur manque.”

Elle les a examinés à Creil, Forges, Furnes ou Poperinghe ; à Joinville, Doullens, Chambéry ; au château de Bizy, à Verdun. Frévent, Hoogstade, Montereau, Villers-Cotterêts, Morvillars. Au château de Courances, à l’hôpital des Petits-Ménages, rue de la Jonquière ou rue de Vaugirard. À l’hôpital Édith-Cavell. Au château d’Armainvilliers.

Ils venaient de tous les régiments, de tous les bataillons et de tous les pays. 3e zouaves, 2e génie, 3e cuirassiers, 32e artillerie, 1er tirailleurs marocains, 25e chasseurs à pied, 2e fusiliers marins, 5e génie, 1er cuirassiers, 6e chasseurs alpins, 89e artillerie lourde.

Leurs noms évoquent des histoires d’autrefois. Marius, Alfred, Lucien, Auguste, Prosper, Léon, Ernest, Désiré, Ferdinand, Aristide, capitaine de Kergaradec.

Certains souffraient tellement qu’on osait à peine les effleurer pour les examiner. “Bourgeat Henri, 66e chasseurs. Un shrapnell dans chaque poumon, un éclat d’obus dans chaque jambe.”

D'autres donnaient de faux espoirs. "Cormerais Mathurin, 264e régiment d'infanterie. Genou droit, éclat d'obus localisé dans l'articulation. Extrait. Le malade décède plus tard."

On ne pouvait jamais savoir. "Cauët Paul, 15e régiment d'artillerie. Fracture du bassin (cliché). Éclat d'obus localisé dans la cuisse gauche par radioscopie. Enflure cuisse, très mauvais état. Éclat retiré, d'où grande amélioration, on m'annonce le 23 mai qu'il est en voie de guérison."

Une seule chose était sûre, il fallait essayer. "Picard Pierre, Caporal 139e régiment d'infanterie. Projectiles multiples avant-bras droit, cuisse, pied. Opération sous rayons. Extraits au nombre de 5."

Plus de mille blessés furent examinés de ses mains.

"Parmi ces examens, il y en eut de faits à toute extrémité", dit Marie Curie.

Dans son tumulte intérieur, que lui a apporté cet engagement auprès de ceux qui souffrent, dont on peut croire parfois que rien ne les sauvera ? Cette bataille, perdue d'avance, contre un désastre plus fort qu'elle ? Ce combat, pas à pas, goutte à goutte, contre ce feu qui embrasa l'Europe ?

Elle l'écrit de sa main, dans ce texte oublié de 1919.

— Une grande douceur.

NOTES

YEUX : GRIS-BLEU (pages 7 à 10)

1. Bibliothèque nationale de France, département des Manuscrits, fonds Pierre et Marie Curie, dossier NAF 18437, f. 328. Toutes les archives issues de ce fonds citées dans la suite de l'ouvrage sont référencées par leur cote NAF.
2. Ambulances : formations sanitaires mobiles de la Première Guerre mondiale. Composées en 1914 de quelques médecins et infirmiers, elles recevaient les blessés envoyés par les postes de secours situés sur la ligne de feu et les renvoyaient vers les hôpitaux d'évacuation après un triage et des soins sommaires. Conçues pour n'opérer qu'exceptionnellement (les intransportables), elles furent rapidement débordées par la gravité des blessures et le nombre des blessés

et durent évoluer pour s'adapter aux réalités de cette guerre.

3. Marie Curie, *Rapport sur l'activité du Laboratoire de Physique Générale (Institut du Radium) pendant la guerre*, texte manuscrit daté de 1919, *in* NAF 18437, ff. 31-46. Toutes les citations en français de Marie Curie non sourcées dans la suite de l'ouvrage sont extraites de ce manuscrit, reproduit p. 187-214.

1914

L'UN DE NOUS DEUX (pages 17 à 26)

1. NAF 18460, ff. 160-161.
2. Ève Curie, *Madame Curie*, coll. "Folio", Gallimard, 1981 (1re éd. 1938), p. 429.
3. Salanac, "Mort tragique de M. Curie", *Le Journal*, 20 avril 1906, archives du musée Curie.
4. Cette citation et les suivantes *in* NAF 18517, *Marie Curie. Fragments du journal tenu après la mort de Pierre Curie. Avril 1906-avril 1907.*
5. Marie Curie, "Autobiographical Notes", in *Pierre Curie* [1923]. Institut Curie, Musée Curie, 2013. Citation suivante p. 27.
6. NAF 18383, *The Story of Madame Curie*, épreuves tapuscrites et corrections manuscrites de Marie Curie, f. 111.

7. Pierre et Marie Curie, *Sur une substance nouvelle radio-active contenue dans la pechblende*, note présentée à l'Académie des sciences le 18 juillet 1898.
8. Marie Curie, *Rayons émis par les composés d uranium et de thorium*, note présentée à l'Académie des sciences le 18 mars 1898.
9. *Marie, Irène Curie. Correspondance (1905-1934)*, Les Éditeurs français réunis, 1974, p. 94-190. Toutes les lettres entre Marie et Irène Curie citées dans la suite de l'ouvrage sont extraites de ce livre.

RAYONS X (pages 27 à 39)

1. Wilhelm Röntgen, *Une nouvelle sorte de rayonnements*, note présentée à la Société physico-médicale de Würzburg le 28 décembre 1895, et son analyse par Jean-Jacques Samueli, en ligne sur *BibNum*, *Bibliothèque numérique d histoire des sciences.*
2. Irène Curie, "Marie Curie, ma mère", *Europe*, n° 108, décembre 1954, p. 99.
3. Ève Curie, *Madame Curie*, *op. cit.*, p. 399.
4. Citation d'Antoine Béclère, *in* Jean-Pierre Camilleri, Jean Coursaget, *Pionniers de la radiothérapie*, EDP Sciences, 2005, p. 29.

5. Entretien avec Raymond Wey et Jean-Jacques Ferrandis, médecins historiens du Service de santé des armées.
6. Rapport Messimy, Comités secrets de la Chambre des députés, août 1915, *in* Alain Larcan, Jean-Jacques Ferrandis, *Le Service de santé aux armées pendant la Première Guerre mondiale*, LBM, 2008, p. 59-60.

LE CHAMEAU (pages 40 à 44)

1. NAF 18439, ff. 66-174, 176.
2. NAF 18440, f. 9.
3. “Un [...] employé du laboratoire se souvient des grands coups qu’assenait Holweck à la porte du bureau de « la patronne », en criant : « Chameau ! »” Entretien avec Hélène Emmanuel-Zavizziano, octobre 1989 *in* Susan Quinn, *Marie Curie*, éditions Odile Jacob, 1996, p. 390.

MONSIEUR RAGOT (pages 45 à 54)

1. Marie Curie, “Autobiographical Notes”, *op. cit.*, p. 7.
2. *Inventaire des voitures radiologiques*, *in* NAF 18437.
3. Marie Curie, *La Radiologie et la Guerre*, Félix Alcan, 1921, p. 35-36.

PRIÈRE DE FAIRE SAVOIR À MADAME CURIE (pages 55 à 66)

1. NAF 18439, ff. 4-5.
2. *Ibid.*, f. 8.
3. *Ibid.*, f. 11.
4. *Ibid.*, f. 40.
5. Ces deux lettres in *ibid.*, ff. 14-15 et f. 23.
6. *Ibid.*, ff. 19-21.

FORT PEU RÉGLEMENTAIRE (pages 67 à 76)

1. Lettre de Marie Curie à Fernand Holweck, 1er janvier 1915, archives du musée Curie.
2. “Les premiers résultats de ce travail démontrèrent qu’il était nécessaire de faire plus.” Marie Curie, “Autobiographical Notes”, *op. cit.*, p. 45.
3. Citation de Paul Appell *in* Ève Curie, *Madame Curie*, *op. cit.*, p. 141.
4. Irène Curie, “Marie Curie, ma mère”, *op. cit.*, p. 109.
5. Projet de statuts du Patronage national des blessés, *in* NAF 18438, ff. 402-406.
6. Source INSEE, convertisseur franc-euro établi sur la base de l’évolution du pouvoir d’achat entre 1914 et 2011.

7. Cette citation et les suivantes : *Document destiné aux souscripteurs du Patronage national des blessés*, 10 avril 1915, *in* NAF 18438, ff. 409-411.
8. NAF 18439, f. 61.
9. Ève Curie, *Madame Curie*, *op. cit.*, p. 405.
10. *Ibid.*
11. Marie Curie, *La Radiologie et la Guerre*, *op. cit.*, p. 38.
12. HOE : Hôpital d'origine d'étape. Dispositif central de la doctrine d'évacuation systématique des blessés, les HOE n'étaient au début de la guerre que des centres de triage destinés à renvoyer l'essentiel des blessés vers l'arrière. Ils devinrent peu à peu de vastes centres de soins, composés de dizaines de baraquements organisés en services spécialisés en fonction des pathologies à traiter, dispensant parfois un enseignement, s'orientant même vers la recherche sur le traitement des plaies de guerre (dans l'HOE pionnier de Bouleuse, créé en 1917).
13. Lettre de Maurice Curie à Marie Curie, *in* Ève Curie, *Madame Curie*, *op. cit.*, p. 412.

TOI ET MOI, IRÈNE (pages 77 à 88)

1. Cette lettre et la suivante in *ibid.*, p. 409-410.

2. Cet extrait et les suivants *in* NAF 18517.
3. Cet extrait et les suivants *in* NAF 18516, *Marie Curie. Notes sur l enfance de ses filles. 1897-1912.*

1915

DIX-SEPT ANS (pages 91 à 102)

1. NAF 18437, f. 28.
2. *Ibid.*, ff. 300-302.
3. Marie Curie, *La Radiologie et la Guerre*, *op. cit.* Citations suivantes p. 38-40.
4. Ève Curie, *Madame Curie*, *op. cit.*, p. 408.
5. Cette citation et les suivantes *in* NAF 18383, f. 131.
6. Cette citation et les suivantes *in* Marie Curie, “Autobiographical Notes”, *op. cit.*, p. 11-12.

LA BRAVE PETITE BELGIQUE (pages 103 à 113)

1. Cette citation et les suivantes *in* Henry Souttar Sessions, *A Surgeon in Belgium*, Longmans, Green and Co.-Edward Arnold, New York-Londres, 1915 ; The Project Gutenberg eBook, 2004.
2. Ces courriers et les suivants *in* NAF 18439.
3. En français dans le texte original.

4. Marie Curie, *La Radiologie et la Guerre*, *op. cit.*, p. 108.
5. Lettre de Marie Curie à l'inspecteur général Chavasse, 13 décembre 1914, musée du Val-de-Grâce, archives du Service de santé, *in* René Van Tiggelen, *La Grande Guerre de 1914-1918. La radiologie belge monte au front*, Belgian Museum of Radiology, Bruxelles, 2011.
6. NAF 18439, f. 52.
7. NAF 18437, f. 313.
8. NAF 18439, f. 43.
9. NAF 18437, f. 303.
10. NAF 18439, f. 54.

MADEMOISELLE (pages 114 à 123)

1. NAF 18439, f. 49.
2. Cet extrait et le suivant in *ibid.*, f. 158.
3. NAF 18437, f. 312.
4. Irène Curie, “Marie Curie, ma mère”, *op. cit.*, p. 102-103.

LA PÉRIODE HÉROÏQUE (pages 124 à 133)

1. Cet extrait et les suivants *in* NAF 18439, f. 71.
2. Marie Curie, “Autobiographical Notes”, *op. cit.*, p. 17.

3. Cette lettre *in* Ève Curie, *Madame Curie*, *op. cit.*, p. 141.
4. Plaisanterie de Casimir Dluski, citée par Marie Curie *in* Marie Curie, “Autobiographical Notes”, *op. cit.*, p. 17.
5. *Ibid.*, p. 16.
6. Citation *in* Marie Curie, *Pierre Curie*, Payot, 1924, p. 22.
7. Marie Curie, *Pierre Curie*, *op. cit.*, p. 69.
8. Marie Curie, “Autobiographical Notes”, *op. cit.*, p. 27.
9. Lettre de Pierre Curie à Paul Appell, *in* Marie Curie, *Pierre Curie*, *op. cit.*, p. 95-96.
10. NAF 18435, f. 13.
11. NAF 18439, f. 61.

FAINT FAIRY LIGHTS (pages 134 à 149)

1. Télégramme adressé à Marie Curie, NAF 18439, f. 74.
2. Télégramme adressé à Marie Curie, *ibid.*, f. 94.
3. *Ibid.*, f. 108.
4. *Ibid.*, ff. 124-125.
5. *Ibid.*, f. 172.
6. “Les blessés de guerre qui n’avaient encore

jamais été soumis à l'examen radiologique craignaient, en général, cet examen et demandaient si on les ferait souffrir. Il fallait parfois les rassurer et leur promettre qu'ils ne souffriraient pas plus que d'une photographie. Plus tard, quand l'usage de la radiologie fut généralisé, beaucoup d'entre eux étaient déjà familiarisés avec les rayons. Pourtant, jusqu'à la fin de la guerre, il m'est arrivé de voir des soldats blessés qui n'avaient encore jamais subi d'examen radiologique et qui demandaient ce qu'ils avaient à craindre de ces appareils à l'aspect inusité." *In* Marie Curie, *La Radiologie et la Guerre*, *op. cit.*, p. 98.

7. Cet extrait et les suivants, *in* NAF 18439, ff. 141-143.
8. *Ibid.*, f. 90.
9. *Ibid.*, ff. 130-131.
10. *Ibid.*, ff. 152-153.
11. *Ibid.*, f. 76.
12. Entretien avec Nicolas Foray, directeur de recherche à l'INSERM, radiobiologiste, historien de la radiothérapie. Consultant pour le film *Marie Curie, une femme sur le front.*

UNE GOUTTE D'EAU (pages 150 à 162)

1. NAF 18439, f. 128.
2. *Ibid.*, f. 161.
3. Ève Curie, *Madame Curie*, *op. cit.*, p. 406.
4. NAF 18438, ff. 387-401.
5. NAF 18439, ff. 126-128.
6. Marie Curie, "Autobiographical Notes", *op. cit.*, p. 47-48.
7. Ève Curie, *Madame Curie*, *op. cit.*, p. 411.
8. NAF 18439, ff. 115-116.
9. *Ibid.*, ff. 77-78.
10. *Ibid.*, ff. 85-86.
11. *Ibid.*, f. 106.
12. *Ibid.*, f. 117.
13. *Ibid.*, ff. 118-119.
14. *Ibid.*, ff. 126-128.
15. *Ibid.*, ff. 135-136.

1916

LA DANSE DE L'ÂME (pages 165 à 170)

1. *Ibid.*, ff. 211-213.
2. *Ibid.*, f. 181.
3. Loïe Fuller, *Ma vie et la danse*, suivi d'*Écrits sur la danse*, "Danse ultra violette", L'Œil d'Or, 2002, p. 173.

4. "Mme I. C. Church a le plaisir d'envoyer à *Madame* Curie un chèque de 3 livres, en réponse à l'appel de *Madame* Loïe Fuller dans le journal *The Queen*, en espérant qu'elle pourra réunir une somme importante." NAF 18439, f. 99.

MON TRAVAIL SILENCIEUX (pages 171 à 181)

1. Lettre du 27 octobre 1915, NAF 18439, f. 173.
2. Alain Larcan, Jean-Jacques Ferrandis, *Le Service de santé aux armées pendant la Première Guerre mondiale*, *op. cit.*, p. 68.
3. Alfred Mignon, in *ibid.*, p. 69.
4. NAF 18439, f. 187.
5. Lettre du Dr Thévenin à Marie Curie in *ibid.*, ff. 211-213.
6. *Ibid.*, f. 197.
7. *Ibid.*, f. 188.
8. Lettre du Dr Thévenin à Marie Curie et citation suivante in *ibid.*, ff. 211-213.
9. Cette citation et les suivantes *in* Marie Curie, *La Radiologie et la Guerre*, *op. cit.*, p. 31, 70, 69.

LE RÉSEAU (pages 182 à 187)

1. NAF 18439, f. 203.
2. NAF 18437, f. 81.

3. Autochir : abréviation d'Ambulance chirurgicale automobile (ACA). Imaginées avant la guerre et mises en place progressivement, les autochirs étaient des hôpitaux de campagne mobiles composés de camions et de tentes et de baraquements démontables, permettant au personnel qui y était affecté de se déplacer en fonction des mouvements du front. Médecins, chirurgiens, infirmiers, radiologues, puis bactériologistes disposaient de tout le matériel et des installations permettant de soigner plusieurs centaines de blessés dans de bonnes conditions : groupes électrogènes, salles d'opération, matériel de chauffage et de stérilisation, appareils de radiologie, laboratoires.
4. NAF 18439, f. 219.
5. *Ibid.*, ff. 183-184.
6. *Ibid.*, ff. 195-196.
7. *Ibid.*, ff. 183-184.

ELLE L'A FAIT (pages 188 à 194)

1. Irène Curie, “Marie Curie, ma mère”, *op. cit.*, p. 103.
2. *Ibid.*
3. Cette citation et la suivante *in* Marie Curie, *La Radiologie et la Guerre*, *op. cit.*, p. 90, 72-73.

4. Irène Curie, "Marie Curie, ma mère", *op. cit.*, p. 103.
5. NAF 18436, f. 467.

UN MÉTIER (pages 195 à 206)

1. NAF 18439, ff. 211-213.
2. *Ibid.*, f. 238.
3. Marie Curie, *La Radiologie et la Guerre*, *op. cit.*, p. 102.
4. NAF 18438, ff. 426-427.
5. Cette citation et la suivante *in* Marie Curie, *La Radiologie et la Guerre*, *op. cit.*, p. 101, 111.
6. Cette citation et la suivante, in Ève Curie, *Madame Curie*, *op. cit.*, p. 372-374.
7. *Leçons de Marie Curie, recueillies par Isabelle Chavannes en 1907. Physique élémentaire pour les enfants de nos amis*, EDP Sciences, 2003.
8. NAF 18439, ff. 222-223.

DEUX LETTRES (pages 207 à 216)

1. "Le laboratoire de Mme Curie à l'Hôpital Édith Cavell", *J'ai vu*, 24 février 1917, archives du musée Curie.
2. Natalie Pigeard-Micault, *Les Femmes du laboratoire de Marie Curie*, Glyphe, 2013, p. 126-132.

Citations extraites du livre d'Eugénie Cotton, *Les Curie et la radioactivité*, Seghers, 1963, p. 87-88

3. Ève Curie, *Madame Curie*, *op. cit.*, p. 415.
4. Cet extrait et le suivant, NAF 18439, ff. 269-271.
5. *Ibid.*, f. 319.
6. *Ibid.*, ff. 317-318.
7. *Ibid.*, ff. 321-322.

1917

BURN OUT (pages 219 à 224)

1. NAF 18439, ff. 275-276.
2. *Ibid.*, f. 270.
3. NAF 18440, ff. 288-289.
4. NAF 18439, f. 76.
5. 750 000 francs de 1914 équivalent à près de 2,5 millions d'euros.

LE GRAMME (pages 225 à 240)

1. Wilhelm Röntgen, *Une nouvelle sorte de rayonnements*, *op. cit*.
2. Cette citation et les suivantes *in* Marie Curie, "Autobiographical Notes", *op. cit.*, p. 23, 25.
3. Irène Joliot-Curie, "Étude des Carnets de

laboratoire", *in* Marie Curie, *Pierre Curie*, Denoël, 1955, p. 103-124.

4. Pierre et Marie Curie, *Sur une substance nouvelle radio-active contenue dans la pechblende*, *op. cit.*
5. Pierre et Marie Curie avec Gustave Bémont, *Sur une nouvelle substance fortement radio-active contenue dans la pechblende*, note présentée à l'Académie des sciences par Henri Becquerel le 26 décembre 1898.
6. Wilhelm Ostwald, chimiste allemand. W. Ostwald, *Lebenslinien – Eine Selbsbiographie*, Klasing, Berlin, 1927, vol. III, p. 158.
7. NAF 18439, f. 1.
8. Cette citation et les suivantes *in* Marie Curie, "Autobiographical Notes", *op. cit.*, p. 42.
9. NAF 18439, f. 76.
10. *Ibid.*, f. 238.

1, RUE PIERRE-CURIE (pages 241 à 255)

1. Marie Curie, *Pierre Curie*, 1924, *op. cit.*, p. 102.
2. NAF 18517, f. 6-27.
3. Ève Curie, *Madame Curie*, *op. cit.*, p. 360.
4. Pierre Curie, Henri Becquerel, *Action physiologique des rayons du radium*, Comptes Rendus de

l'Académie des sciences, tome CXXXII (1901), p. 1289-1291.
5. Entretien de l'auteure avec Patrice Pinell, auteur de *Naissance d un fléau. Histoire de la lutte contre le cancer en France (1890-1940)*, Métailié, 1992.
6. NAF 18437, f. 240.
7. Marie Curie, *La Radiologie et la Guerre*, *op. cit.*, p. 140.

LA RENCONTRE (pages 256 à 261)

1. Archives du musée Curie.
2. Claudius Regaud, *Marie Skłodowska-Curie (1867-1934)*, Fondation Curie, 1934.
3. NAF 18436, f. 441.
4. *Ibid.*, f. 440.

BIEN SÛR (pages 262 à 270)

1. Marie Curie, “Autobiographical Notes”, *op. cit.*, p. 54.
2. NAF 18440, f. 93.
3. *Ibid.*, ff. 97-98.
4. *Ibid.*, f. 102.
5. *Ibid.*, f. 106.
6. *Ibid.*, f. 87.

7. *Ibid.*, ff. 251-252.
8. *Ibid.*, f. 256.
9. *Ibid.*, f. 15.
10. *Ibid.*, ff. 270-271.
11. *Ibid.*, f. 32.
12. Cette citation et la suivante *in* Irène Curie, "Marie Curie, ma mère", *op. cit.*, p. 99, 107-108.

1918

VOITURE E (pages 273 à 278)

1. Toutes les citations de ce chapitre *in* NAF 18481, *Liste des examens radiologiques effectués par Marie Curie. Novembre 1914-mars 1918.*

LE MANUSCRIT DE 1919

Ce texte, écrit par Marie Curie en septembre 1919, est le témoignage direct le plus proche dans le temps des événements qui y sont relatés. Contrairement aux deux livres qu'elle publia dans les années suivantes, *La Radiologie et la Guerre* en 1921 et *Autobiographical Notes* en 1923, il n'était pas destiné à être rendu public. Les souvenirs de la guerre, les émotions qu'elle y a ressenties, les obstacles qu'elle a dû surmonter y sont relatés sans le polissage du temps et de la bienséance. Confronté aux milliers de lettres, notes, carnets, laissez-passer de cette période de 1914-1918, il a permis de reconstituer dans le détail ses activités durant la guerre. Il est donc d'une grande valeur non seulement historique, mais aussi humaine, en ce qu'il nous révèle une part cachée de la vie et de la personnalité d'une femme emblématique.

Inédit, ce manuscrit fut probablement lu par Ève Curie, la plus jeune fille de Marie Curie, lorsqu'elle entreprit d'écrire la biographie de sa mère, publiée quatre ans après sa mort, en 1938. Toutes les archives personnelles de la famille Curie furent ensuite conservées dans un coffre jusqu'en 1967, date à laquelle les héritiers de Marie Curie – sa fille Ève et les enfants d'Irène, Hélène Langevin et Pierre Joliot – en firent don à la Bibliothèque nationale afin que les historiens puissent y avoir accès. Ce manuscrit y est depuis archivé et conservé mais n'avait jamais jusqu'ici fait l'objet d'une étude approfondie.

Ces trente-deux pages manuscrites, seize feuillets parmi les trois cent quatre-vingt-six du fichier NAF 18437 (ff. 31-46), un fichier parmi les cent cinquante-trois qui constituent le fonds Pierre et Marie Curie, ne sont, peut-être, qu'une goutte d'eau. Mais elles nous permettent aujourd'hui de lui rendre justice.

Dans sa biographie, Ève écrivait : "Elle a jadis refusé – et plus tard refusera de nouveau – la Légion d'honneur. Mais ses intimes savent que si, en 1918, elle avait été proposée pour le grade de chevalier *à titre militaire*, elle aurait accepté ce ruban unique. Cette légère dérogation à ses principes lui fut épargnée. Beaucoup de « dames » reçurent des décorations, des rosettes… Ma mère n'eut rien. Après quelques semaines, le rôle joué par elle dans le grand drame s'effaça de toutes les mémoires. Et malgré des services assez exceptionnels, personne ne songea à épingler une petite croix de soldat sur la robe de Mme Curie."

C'est cet oubli que nous avons tenté de réparer, en un temps où les combats, pour beaucoup d'entre nous, semblent perdus d'avance et les obstacles insurmontables.

"Sois patiente et courageuse, et fais ce que tu peux là où tu te trouves maintenant", écrivait Marie Curie à sa fille Irène, le 28 août 1914.

Rapport sur l'activité du Laboratoire de Physique Générale (Institut du Radium) pendant la guerre

Introduction. Au début de la guerre, le Laboratoire était encore installé dans ses locaux provisoires, 12 rue Cuvier. Le personnel se composait du Professeur, Mme Curie, Chef de travaux : M. Debierne, préparateur : M. Holweck, mécanicien : M. Ragot. La guerre a éclaté au début des vacances, les travailleurs étaient donc partis. M. Holweck et M. Debierne furent appelés aux armées dès les premiers jours de la mobilisation. Je suis donc seule restée au Laboratoire avec le mécanicien, M. Ragot, libéré de tout service militaire en raison d'une grave lésion cardiaque.

Un Conseil de Faculté a été tenu dans les premiers jours du mois d'août, pour examiner la contribution possible du personnel non mobilisé de la Faculté à la Défense Nationale. Toutefois, aucune décision pratique ne fut prise à la suite de l'échange d'idées qui eut lieu lors de cette réunion, et aucune direction n'a été donnée pour le développement d'un effort commun. Chacun fut donc abandonné à sa propre initiative et à ses propres moyens d'action.

Pendant le mois d'août, je me suis appliquée à trouver une ligne d'action me permettant de remplir au mieux mon devoir de solidarité avec la cause commune. Deux voies semblaient possibles : 1°) chercher des applications scientifiques nouvelles applicables aux besoins de la guerre ; 2°) contribuer à un effort d'organisation avec les moyens déjà à notre disposition.

Sans rejeter le premier moyen, j'ai été dès les premiers jours entraînée vers le second. En effet, dans la succession rapide des événements en août et septembre 1914, il a été clairement prouvé que la préparation de la défense était insuffisante. L'émotion publique fut particulièrement soulevée par les graves lacunes qui apparurent dans l'organisation du Service de Santé, mon attention a été attirée de ce côté, et j'y ai trouvé un champ d'activité qui a absorbé la plus grande partie de mon effort jusqu'à la fin de la guerre, effort qui a consisté dans l'organisation des services de Radiologie et de Radiumthérapie pour les hôpitaux militaires.

Toutefois, en dehors de cet important service dont je me suis trouvée chargée pour toute la durée de la guerre et même au-delà, j'ai aussi poursuivi des études de laboratoire proprement dites. J'ai dû d'ailleurs effectuer le transport de mon Laboratoire dans les bâtiments nouveaux de l'Institut du Radium, et y reprendre, dans la mesure du possible, un enseignement régulier. Dans ces nouveaux locaux, j'ai aussi entrepris ou fait entreprendre des recherches et essais sur diverses questions intéressant les services militaires. J'ai aussi fait partie de Comités formés pour le perfectionnement de ces services.

Service de Radiologie de guerre

Emploi de rayons X. L'emploi de rayons X pendant la guerre a rendu d'immenses services à divers points de vue. Ces rayons offrent un moyen puissant pour l'examen des blessés et des malades au point de vue chirurgical et au point de vue médical.

(1) Ils permettent de découvrir les projectiles qui ont pénétré dans le corps et d'en déterminer la situation exacte en vue de leur extraction.

(2) Ils permettent de mettre en évidence les fractures, même celles qui sont très peu apparentes à l'extérieur, d'en préciser la nature et les particularités et de suivre les progrès de leur guérison.

(3) Ils permettent d'examiner l'état des organes intérieurs : poumons, tube digestif, reins, foie, en vue de découvrir les lésions de ces organes et d'en préciser la nature.

(4) Pendant les opérations chirurgicales qui ont pour but l'extraction des projectiles ou bien le nettoyage d'un foyer de fracture ou encore la réduction et le redressement des fragments d'os après fermeture de la plaie, les rayons X permettent de guider l'opérateur à la manière d'une vision directe, d'où augmentation considérable de la sécurité et du succès des opérations et diminution du nombre d'opérations où le résultat est manqué ou médiocre.

(5) Les rayons X sont employés comme moyen de traitement efficace de cicatrices vicieuses et de nombreuses affections : mala-

dies de la peau, arthrites, névrites, cancers superficiels et profonds.

Au total, il n'est pas douteux que l'emploi de rayons X sauve la vie à de nombreux blessés et malades en permettant leur examen rapide et complet ; à d'autres, il épargne des infirmités ou de longues souffrances ; à tous il donne plus de sécurité et plus de chances de guérison rapide. La valeur humanitaire de cette méthode d'examen est donc considérable.

Non moins importante est sa valeur au point de vue strictement militaire. Même en cas de blessures peu graves, les projectiles et les esquilles sont des causes de suppuration qui prolonge pendant des mois le séjour des soldats dans les hôpitaux. L'examen rapide de ces blessures légères, suivi d'interventions immédiates, a permis de récupérer un grand nombre d'hommes et de les renvoyer aux armées, ce qui a été extrêmement important dans une guerre aussi longue. Il n'était pas rare de voir des hommes à leur 5e ou 6e passage dans les hôpitaux.

Enfin, l'examen par les rayons X est d'utilité courante comme moyen d'information pour les commissions de réforme, où il permet d'éviter les injustices et les abus, et pour les conseils de guerre, dans le cas d'accusation de blessure volontaire.

Outillage de rayons X avant la guerre. L'importance de l'emploi de rayons X en cas de guerre n'était pas reconnue dans les années qui ont précédé celle-ci. L'outillage correspondant était à peine existant dans l'organisation militaire et il faut bien dire que l'organisation civile n'était pas non plus très avancée.

Le Service de Santé Militaire possédait des appareils à rayons X dans quelques-uns des hôpitaux militaires principaux ; il possédait aussi à l'entrée en guerre quelques postes radiologiques mobiles. Il était supposé qu'on ne ferait des examens radiologiques que dans les hôpitaux centraux de l'arrière, rien n'avait été prévu pour l'ensemble des hôpitaux et ambulances du territoire et des armées.

Les Services sanitaires civils comportaient quelques belles installations radiologiques dans un petit nombre d'hôpitaux importants et un certain nombre d'appareils chez des médecins spécialistes. L'appareil radiologique n'était pas une partie constitutive normale de tout hôpital ou établissement sanitaire, et les hôpitaux de province en étaient en général dépourvus ; il en était de même pour des hôpitaux à Paris. Le personnel compétent de médecins radiologistes et de manipulateurs était fort restreint.

Situation au début de la guerre. Dès le début de la guerre, de nombreux hôpitaux du Service de Santé, militaires et complémentaires, s'ouvrirent dans toute la France ; vinrent se joindre à eux en nombre considérable les hôpitaux auxiliaires des Sociétés de Croix Rouge et divers autres hôpitaux bénévoles fondés par des Sociétés d'Assistance, des Œuvres ou des personnes généreuses. Dans toutes ces formations sanitaires, l'appareillage radiologique ne se trouvait qu'exceptionnellement ; quand il y en avait un, il était rarement en bon état et en bonnes mains.

Avertie de cet état de choses par des conversations avec le spécialiste éminent, le Dr Béclère, j'ai entrepris en août 1914 de suppléer, dans la mesure du possible, à une lacune qui me semblait très grave. Ma première idée fut de réaliser des installations radiologiques pour les hôpitaux en utilisant les appareils qui se trouvaient sans emploi dans les Laboratoires ou bien chez des médecins mobilisés. J'ai réussi, en effet, à réunir du matériel ; m'étant mise en relation avec le Service de Santé, j'ai pu, de plus, obtenir la disposition de quelques appareils réquisitionnés dans un magasin allemand abandonné. Avec ces éléments, j'ai établi pendant les mois d'août et de septembre plusieurs postes radiologiques, dont j'assurais le fonctionnement au moyen de personnel bénévole formé dans mon Laboratoire suivant les indications de M. le Dr Béclère. Une enquête faite à cette époque par moi dans les nombreux hôpitaux de l'Union des Femmes de France du Camp retranché de Paris me convainquit que, devant la pénurie de matériel, de personnel et la dispersion des formations sanitaires auxiliaires, il y avait lieu de desservir celles-ci par un poste mobile. Je fis établir alors, avec le concours de l'Union, la première voiture radiologique auxiliaire qui, desservie d'abord par un personnel bénévole, ensuite régulièrement attachée au Val-de-Grâce, rendit des services considérables lors de l'affluence des blessés qui ne tarda pas à se produire en août et septembre.

Cette voiture a été pendant une grande partie de la guerre la seule à faire le service du Camp retranché de Paris et à venir à tout appel des nombreux hôpitaux, grands ou petits, situés dans la banlieue, et recevant souvent des blessés en état grave, jugés intransportables à grande distance aux gares régulatrices proches de Paris (la Courneuve, Pantin...).

Le succès de cette tentative m'encouragea à me mettre à la recherche d'autres voitures pouvant porter le secours dans des régions plus lointaines. Je ne tardai pas à obtenir de M. Ewald, architecte, le prêt de sa voiture automobile que j'aménageais, avec l'aide de mon mécanicien, en voiture radiologique. Le courant électrique nécessaire pour le fonctionnement des appareils était obtenu au moyen d'une dynamo placée sur le marchepied de la voiture et actionnée par le moteur de celle-ci au débrayage. Cette voiture dont l'agencement fut progressivement amélioré est restée à ma disposition pendant toute la guerre. Je m'en suis servie dans de nombreux déplacements, dans la zone de l'intérieur et dans la zone des armées, à la demande d'hôpitaux où des groupes importants de blessés restaient sans examen. Pendant une partie de la guerre, le Service de Santé mit à ma disposition un conducteur militaire.

Il était abondamment prouvé par les résultats obtenus dans les premiers mois que les besoins du développement de la radiologie de guerre étaient urgents et que c'était une question de vie et de mort pour les blessés. Cependant, mes moyens, quoique s'augmentant tous les jours de concours bénévoles, restaient assez restreints. J'ai dû acheter à mes frais un grand nombre d'accessoires pour les postes créés. En octobre 1914, une aide me vint dans la création d'une Œuvre nommée “Le Patronage National des Blessés”. Cette Œuvre a été fondée sous le patronage de M. Lavisse dans un but général d'assistance aux blessés. M. Borel qui en faisait partie et qui, d'autre part, connaissait le noyau d'organisation que j'avais créé, me fit demander par cette Œuvre de prendre la direction de la section de radiologie. Les moyens financiers réunis par cette Œuvre me permirent de développer mon initiative et d'obtenir des résultats considérables. Cependant les besoins de la radiologie de guerre augmentant constamment, et, d'autre part, aucune initiative d'importance comparable n'ayant été apportée au Patronage, il advint que tous les moyens de celui-ci furent consacrés à la Radiologie et que le Patronage évolua en une Œuvre auxiliaire du Service de Santé pour la Radiologie de guerre. Cet organisme a recueilli, en plusieurs souscriptions, environ 700 000 francs qui ont été presque entièrement consacrés au développement de la radiologie ; les résultats bienfaisants qui ont été obtenus n'ont pas été uniquement valables pendant la guerre, mais survivront à celle-ci, ainsi qu'il sera exposé plus loin.

Organisation et fonctionnement de l'Œuvre. Le Patronage National des Blessés a fonctionné avec un minimum d'administration et de personnel. La comptabilité était confiée à une banque, la propagande pour recueillir des souscriptions, l'administration des fonds et la correspondance étaient la tâche d'une secrétaire bénévole, la direction technique était assurée par moi-même. J'ai accepté, en plus, la direction technique du Service de Radiologie de l'Union des Femmes de France (Croix Rouge Française).

La tâche était vaste, car il fallait recueillir des

renseignements sur les besoins et étudier les moyens les meilleurs et les plus économiques d'y satisfaire. J'ai pu obtenir des résultats étendus en partageant mon temps entre le travail fait à Paris et les voyages.

Dans les deux premières années de la guerre, il ne suffisait pas de fournir des appareils sur demande ; toute une éducation était à faire. La Direction du Service de Santé n'admettait pas l'utilité de rayons X dans des cas où leur emploi est devenu général ultérieurement (hôpitaux d'évacuation, ambulances près du front, etc.). Cette direction allait même jusqu'à considérer comme superflue la présence d'appareils radiologiques dans la zone des armées, sauf dans quelques hôpitaux exceptionnels et sur quelques voitures. On se heurtait donc à un parti pris du côté des chefs et à un manque d'information du côté du personnel médical. Dans des hôpitaux du front surchargés de blessés, le médecin-chef ou le chirurgien n'osait pas accepter une installation de rayons X, parce qu'il la considérait comme un luxe qu'en sa probité consciencieuse il croyait devoir être réservé à des centres hospitaliers importants, et parce qu'il n'en réalisait pas l'efficacité bienfaisante.

Grâce aux possibilités que me donna la Croix Rouge, et à quelques relations personnelles, j'ai pu effectuer de nombreux voyages, principalement dans la zone des armées, surtout au début – ensuite dans toutes les parties de la France. Je visitais à plusieurs reprises la zone des armées du Nord et la zone belge : Amiens, Calais, Dunkerque, Furnes, Poperinghe et les environs, je suis allée à Verdun et dans la région de Bar-le-Duc, dans celle de Nancy et Lunéville, dans celle de Montdidier, Compiègne, Villers-Cotterêts. Je me suis rendue en Bretagne, en Vendée, dans le Midi, à Lyon et Chambéry, en Normandie.

Voici comment était disposé un de ces voyages : l'amorce était fournie généralement par une demande venant d'un médecin ou d'une infirmière avec qui je me suis trouvée en relation ou qui avaient entendu parler de mon travail de guerre. Me procurant les autorisations nécessaires, je me rendais sur place avec une voiture radiologique. Ayant rapidement installé mes appareils, je procédai[s] avec le concours des médecins à l'examen de tous les malades pour la localité et dans les environs. En même temps, je recueillais tous les renseignements et j'examinais toutes les possibilités d'installation. Je causais avec les chefs, je demandais des autorisations, je m'en passais quand cela semblait préférable, je donnais des explications, je prenais des arrangements. Revenue à Paris, j'expédiais des appareils selon les décisions ainsi prises et je me rendais sur place pour installer ces appareils, car le personnel compétent faisait défaut. L'installation ayant été faite par mes soins et en partie par le travail de mes mains, il me restait à choisir une personne capable d'en assurer le fonctionnement et à la mettre au courant de tous les détails. Ceci représentait plusieurs jours de travail intensif, au bout desquels les blessés avaient tous été examinés, le manipulateur était suffisamment formé et je pouvais revenir à Paris avec de nouveaux projets formés pendant mon séjour dans la localité. Je ne doute pas que chacune de ces périodes de travail d'installation n'ait eu une valeur éducative qui était un élément essentiel à cette époque. Les médecins de la localité et du voisinage venaient tous voir les appareils ; ils pouvaient s'assurer que, quoique simple, l'installation bien réglée et judicieusement utilisée permettait de faire un excellent examen du malade ; ainsi ils prenaient confiance et ils se rendaient compte de la valeur du procédé d'observation qu'ils avaient considéré jusque-là comme difficile ou exceptionnel.

Quand le nombre des relations établies avec les médecins fut devenu considérable, il n'a plus été nécessaire de passer en voyages une grande partie de mon temps. Les demandes arrivaient de tous les côtés, il suffisait de les examiner, de leur donner satisfaction, souvent l'installation a pu être assurée par un médecin ou un manipulateur digne de confiance, et il suffisait de faire de temps en temps un voyage de contrôle et de vérification.

De plus, mon travail inlassable mais silencieux finit par conquérir une consécration en quelque sorte officielle auprès du Service de Santé. Des chefs de ce service aux armées m'adressèrent des demandes directes. Entre la Direction du Service de Santé à Paris et moi il s'établit des relations régulières basées sur l'acceptation de mon concours.

Le Service de Santé réalisa peu à peu une série de perfectionnements importants et entre autres donna un développement considérable au service radiologique. Toutefois, la Direction était quelquefois gênée par des règlements compliqués, et dans ces cas, elle demandait volontiers le concours du Patronage.

Choix du matériel et nombre d installations. Ayant profité d'une excellente documentation obtenue du Dr Béclère et ayant ensuite acquis, au cours de mes voyages, une grande pratique des besoins de la radiologie de guerre, j'ai pu choisir avec discernement le matériel à adopter. Je me suis arrêtée à l'emploi presque exclusif d'un appareillage robuste, facilement transportable, et pouvant fournir une intensité modérée, suffisante pour tous les besoins courants de la radioscopie et de la radiographie. Cet appareil a reçu le nom de "poste normal", et c'est bien rarement que le Patronage a fourni, dans des cas spéciaux, des appareils dits "intensifs", nécessairement plus coûteux. Le point de vue adopté était de donner à toutes les formations sanitaires le moyen nécessaire et suffisant pour examiner leurs malades dans de bonnes conditions, et de faire rendre aux fonds du Patronage l'utilisation maximum pour le plus grand nombre de blessés. Les appareils adoptés ont donné satisfaction complète à ceux qui en ont fait usage.

Le nombre des installations faites par mes soins s'élève à environ 200, dont… organisées avec des moyens trouvés par moi et… avec le concours du Patronage. Ces postes se sont trouvés répartis dans la zone des armées française et belge, dans toutes les parties du territoire, à Salonique, en Grèce, en Tunisie. Plus d'un millier des blessés ont été examinés par moi-même au cours de mon travail dans les hôpitaux et les ambulances.

Voitures radiologiques. Le rôle des voitures radiologiques a été considérable pendant les premières années de la guerre. En effet, tant que le service radiologique était rare, on augmentait sa productivité en le rendant mobile, car le travail dans les hôpitaux procédait souvent par succession de périodes d'activité et d'accalmie relative. Le Service de Santé n'avait en 1914 que quelques voitures alors qu'il en eût fallu une par corps d'armée et une ou plusieurs par région. J'ai pu combler en partie cette lacune pendant l'époque la plus difficile.

J'ai dit plus haut que la voiture établie sur mon initiative par l'Union des Femmes de France a assuré seule, pendant des temps difficiles, le service du Camp retranché de Paris. Celle que j'ai montée ensuite a fait pendant toute la guerre un service de secours assuré par moi-même. Plusieurs dons de châssis m'ont permis d'équiper d'autres voitures qui ont été offertes aux armées et aux régions. Quelques-unes d'entre elles ont fourni un travail considérable. Les meilleurs châssis m'ont été donnés par des personnes généreuses dont quelques-unes ont fait les frais de l'équipement de la voiture. Quelques autres voitures ont été données par la maison Peugeot et la maison Renault. Enfin la Croix Rouge anglaise a mis trois châssis à ma disposition.

Le montage. Pour équiper une voiture, il fallait commander une carrosserie spéciale, avec dispositif intérieur adapté, disposer d'une dynamo entraînée par le moteur, installer les appareils à l'intérieur et vérifier le fonctionnement. Ce travail sortant de la mécanique de Laboratoire ordinaire a été accompli pourtant dans mon ancien Laboratoire rue Cuvier, par moi et par mon mécanicien M. Ragot qui sut résoudre les difficultés mécaniques. Nous avons ainsi équipé au total 20 voitures radiologiques dont… pour le service des armées,… pour le service des régions et une pour le service de secours dont je m'étais chargée moi-même.

Lorsqu'avec l'extension des Services radiologiques attachés aux hôpitaux le rôle actif des voitures fut réduit, celles-ci servirent pour le transport d'équipes de perfectionnement et d'enseignement. Ainsi, la voiture que j'ai établie avec le châssis offert par Mme de Ganay et aux frais de celle-ci, après avoir effectué sous la direction du Dr Thévenin environ 15 000 examens radiologiques, servit jusqu'à la fin de la guerre comme équipe de perfectionnement et resta en relation constante avec moi ; cette collaboration me permit d'établir dans la région d'Amiens un grand nombre de postes radiologiques auxquels revient le mérite d'avoir presque entièrement assuré le Service radiologique de la bataille de la Somme, pour les 6e et 10e armées engagées dans cette bataille, ainsi que dans les nombreux hôpitaux du centre hospitalier d'Amiens.

Personnel. J'aborde maintenant le côté de la question qui a présenté le plus de difficultés, celui du personnel.

Je n'avais dans mon laboratoire que l'aide dévouée de mon mécanicien qui se mit avec moi au courant des détails de l'installation radiologique et qui me servit de monteur et de manipulateur, en m'accompagnant dans plusieurs de mes voyages. D'autre part, la connaissance professionnelle de la radiologie était très peu répandue au début de la guerre ; tout appareillage tombé en mauvaises mains se détériorait rapidement et ne rendait aucun service. Il fallut donc s'inquiéter dans chaque cas particulier du sort de l'installation nouvellement créée. Ce problème ardu fut résolu pour les hôpitaux auxiliaires par la recherche constante de personnel bénévole composé de non-mobilisés ou de femmes, pour les hôpitaux militaires par la recherche de personnel mobilisé pouvant utilement assurer le service. Il convenait, suivant les circonstances, de former soi-même ce personnel ou de compter sur la formation reçue aux armées. Les éléments de la radiologie de guerre peuvent être utilement assimilés par toute personne intelligente, habituée aux études, ayant le goût de l'expérimentation et possédant quelques notions des montages électriques. Des candidats tout particulièrement qualifiés étaient les professeurs de physique, les ingénieurs, les élèves des grandes écoles, les pharmaciens. Beaucoup d'entre eux parmi ceux plus âgés étaient affectés dès la mobilisation au service de garde-voies ou analogues. Le Patronage obtint l'autorisation de présenter régulièrement au Service de Santé des noms de candidats aux postes radiologiques. On peut dire sans exagération que presque tous les bons manipulateurs aux armées et dans le territoire ont été, dans les premières années, nommés grâce à mon intervention et à celle du Patronage, lequel, en raison de ses attaches universitaires, était bien placé pour recueillir toutes les informations sur le personnel instruit mal utilisé.

À plusieurs reprises, j'ai essayé de constituer un centre d'enseignement pour le personnel. C'était une tâche difficile, contrecarrée à chaque instant par les mesures individuelles de déplacement de mobilisés, de récupération des réformés, etc. Un service qu'on avait réussi à faire assurer par un bénévole, mobilisé ou non mobilisé, se trouvait brusquement abandonné par suite de départ forcé ou de changement de projets, et il fallait à tout prix venir en aide à la demande de secours quelquefois urgente. Il me serait impossible d'exposer en détail tous les soucis que m'ont donnés certains hôpitaux où le service a changé de mains un grand nombre de fois, étant toujours dans l'intérim abandonné à ma responsabilité. Dans ces cas difficiles, je l'ai assuré moi-même, avec ou sans ma voiture. De plus, j'ai trouvé un concours précieux chez ma fille aînée, Irène Curie.

Qu'il me soit permis de signaler en quelques lignes le dévouement et la bonne volonté de cette enfant qui, n'ayant que dix-sept ans, eut un si vif désir de remplir son devoir de citoyenne que je dus l'autoriser à abandonner ses études régulières pour se consacrer au service de son pays. Elle fit rapidement ses études d'infirmière, obtint le diplôme et se mit au courant du service radiologique ; ensuite, elle m'aida de son mieux et dans les conditions les plus variées. Douée de qualités de raison, d'énergie et d'équilibre rares à son âge, elle pouvait prendre la responsabilité d'une organisation de service. J'ai pu l'envoyer plusieurs fois en service de remplacement, tantôt au front, tantôt à l'intérieur. Elle travailla pendant plusieurs semaines dans une ambulance du front entre

Furnes et Ypres et dans la région voisine, de même à Amiens ; elle fit un séjour à Montereau et d'autres voyages de durée moindre. Partout elle sut installer un service, assurer les examens de blessés à la satisfaction entière des médecins et former un manipulateur remplaçant. Ses services ont été reconnus par d'excellents Certificats. Aux malades, elle apportait non seulement les soins d'une spécialiste, mais aussi le réconfort de son sourire et de sa bonne humeur dans leurs salles. Depuis l'automne 1917, je lui demandais son concours pour l'École de Radiologie des infirmières dont il sera question plus loin. En même temps elle me servit de préparateur pour l'enseignement scientifique de la Sorbonne et pour l'organisation de l'Institut du Radium après déménagement de mon Laboratoire.

Je dois ajouter qu'ayant été presque complètement privée de vacances pendant quelques années, elle subit une crise de dépression physiologique et d'amaigrissement qui m'a prouvé que, dans son désir de bien faire, elle avait abusé de ses forces.

Enseignement de Radiologie. École des Infirmières. Le souci incessant du personnel m'engageait à songer aux moyens de remédier à cet état de crise chronique.

Le Service de Santé, après avoir épuisé toutes les possibilités en personnel capable d'une formation utile, se décida à ouvrir un enseignement de manipulateurs. Toutefois, le recrutement laissait grandement à désirer, étant déterminé par des raisons d'ordre militaire, plutôt que par des considérations de capacité. De plus, cet enseignement fut, au début, trop peu poussé et fournit des résultats très médiocres.

J'offris au Service de Santé de participer à cet enseignement. Cette offre fut acceptée, mais sous la condition que les conférences eussent lieu dans le hangar militaire où, à cette époque, cet enseignement avait son installation fort insuffisante. Il m'a donc fallu transporter à Neuilly tous les appareils de démonstration et en faire l'installation avec le concours de mon mécanicien. En raison de ces difficultés, j'ai renoncé à ce mode d'enseignement après quelques mois, et je proposai au Service de Santé de former des infirmières manipulatrices. Je donnai un programme détaillé de l'enseignement et des manipulations. Comme la pénurie de personnel était une véritable menace devant l'accroissement du nombre d'appareils à desservir, le Service de Santé accepta le projet, et l'école s'ouvrit en octobre 1916.

L'organisation de l'enseignement était en relation étroite avec l'École des Infirmières Militaires ouverte à l'hôpital Édith Cavell sous la direction de Mme Girard-Mangin. Cette femme distinguée, dont nous avons eu à déplorer récemment la perte prématurée, était douée de rares qualités d'intelligence et d'énergie. Elle comprit immédiatement l'intérêt du projet et contribua activement à la réalisation pratique. Elle se chargea de l'enseignement de l'anatomie et résolut la question du logement et de la nourriture des élèves pendant la durée des études. Celle-ci était comprise entre un mois et six semaines. Pendant ce temps les élèves étaient occupées d'une manière très intensive par les cours, surtout par les travaux pratiques. L'enseignement comportait des notions élémentaires d'électricité pratique, des montages de circuits, le montage des appareils radiologiques de divers types, le maniement de ces appareils et surtout le réglage des ampoules et des soupapes à rayons X, les principes de l'examen radioscopique, la prise de clichés radiographiques, les précautions à observer contre le danger des rayons X.

L'enseignement avait lieu par séries d'environ 20 élèves ; il avait lieu à l'Institut du Radium dont l'installation électrique donnait des moyens d'exécution précieux. L'enseignement d'anatomie avait lieu à l'hôpital Édith Cavell et c'est là aussi que se faisait la démonstration pratique par l'examen radiologique des blessés par moi-même en présence des élèves et avec leur aide. Les cours et les manipulations étaient assurés d'abord par Mlle Irène Curie et Mlle Weil qui avait travaillé dans mon laboratoire et qui offrit son concours bénévole. Je me réservais quelques conférences sur les sujets plus délicats, et je participais aux interrogations. Quand l'enseignement d'une série était terminé, on procédait à une séance d'examen en présence d'un Médecin Major, Chef de la Section technique de Radiologie au Service de Santé. À la suite de cet examen, un diplôme de manipulatrice était délivré en cas de résultats satisfaisants, et les bénéficiaires entraient en service immédiatement.

L'enseignement eut un succès inespéré. Les candidates étaient recrutées parmi les infirmières militaires, les infirmières bénévoles de Croix Rouge ou parmi des jeunes filles ou jeunes femmes cherchant une occupation à titre bénévole ou à titre rémunéré. Des références et des preuves de capacité étaient exigées. Cependant, nous avons constaté que des jeunes filles intelligentes et actives ayant une instruction du niveau de brevet simple étaient parfaitement capables d'acquérir une bonne instruction radiologique. Avec une instruction préalable plus élevée, les résultats étaient, bien entendu, en moyenne encore meilleurs. Les élèves formées par l'École donnèrent toute satisfaction dans les services où elles furent affectées. Elles se sont montrées capables d'être pour le chef de service des collaboratrices habiles et appréciées. On les préféra bientôt à la plupart des manipulateurs. Parmi les meilleures élèves, plusieurs ont assuré toutes seules des services chargés où, par manque de personnel, on n'avait pas envoyé de médecin spécialiste.

Pendant un an l'École fonctionna avec, comme personnel enseignant, outre moi-même,

Mlle Curie et Mlle Weil. Au bout de ce temps, il m'a paru indispensable d'alléger cette charge jointe à tant d'autres et de donner plus de sécurité à l'enseignement qui risquait d'être arrêté à quelque empêchement concernant l'une de nous. J'ai prié alors M. le Recteur de l'Université de mettre à ma disposition, avec son consentement, Mlle Klein, Professeur de lycée à Versailles, qui m'avait déjà apporté un concours bénévole. M. L. Poincaré, Recteur, accueillit cette demande avec bienveillance, et Mlle Klein prit possession de l'enseignement dont elle assura une grande partie avec beaucoup de dévouement et de succès, affirmant ses qualités d'excellent professeur dans l'adaptation à cet enseignement professionnel de caractère si particulier. Son traitement fut assuré en partie par l'Université, en partie par le Patronage, lequel fournit également une partie des appareils nécessaires à l'École.

L'École de Radiologie a fourni jusqu'à présent, en 10 séries, environ 180 manipulatrices qui ont servi dans les hôpitaux du front et du territoire ; plusieurs ont reçu des récompenses et des distinctions honorifiques pour les services qu'elles ont rendus. Toutes celles qui en ont fait la demande restent employées, comme personnel de choix, dans les hôpitaux du Service de Santé.

Liquidation du Service Radiologique du Patronage après-guerre. Le Patronage a décidé d'utiliser au mieux de l'intérêt public les appareils qui lui font retour à la fin de la guerre.

L'enseignement de celle-ci a prouvé combien le secours de la radiologie est indispensable au médecin et au chirurgien. On ne saurait plus concevoir que la population de France fût privée de ce secours comme elle l'était avant la guerre. De plus, le nombre de malades qui souffrent de la suite de leurs blessures ou de leurs maladies contractées aux armées sera encore pendant quelques années important, et on leur doit des soins assidus.

Les appareils appartenant au Patronage sont actuellement distribués aux nombreuses formations sanitaires dont il convient d'augmenter les moyens en raison de leur intérêt public et de leur situation difficile : hôpitaux des régions sinistrées, dispensaires antituberculeux, petits hôpitaux de province, etc. Cette attribution est d'autant plus précieuse que, par suite du manque de matériel et du renchérissement des matières premières, les appareils neufs sont à des prix très élevés et avec des délais de livraison considérables.

Le Service de Santé procède en même temps à une dotation d'hôpitaux militaires et d'hôpitaux mixtes dans le même but d'extension du service radiologique. Des voitures radiologiques seront également distribuées à des centres de région.

Les nouveaux services ne seront utiles que s'ils disposent d'un personnel compétent. Le Service de Santé continue à former des manipulateurs. Le maintien de l'École de manipulatrices a été décidé par la Direction du Service de Santé, et il faut espérer que cette décision sera exécutée. L'expérience a prouvé que le métier de manipulatrice convient parfaitement aux femmes, dont les services sont, dans bien des cas, préférés par les médecins à ceux des infirmiers, et devraient être étendus aux hôpitaux civils et aux établissements sanitaires privés.

Conclusion. Je puis indiquer, à la fin de cet exposé, que l'effort d'organisation de la Radiologie de guerre a absorbé tout mon temps en 1914, 1915, 1916 et une grande partie de mon temps pendant les années suivantes. J'ai effectué, dans l'intérêt de cette œuvre,... voyages dont... au front et... dans le territoire. Au cours de ces déplacements, et aussi au cours des services réguliers assurés par moi à l'hôpital Édith Cavell et dans quelques autres hôpitaux, j'ai fait moi-même l'examen radiologique de plus de 1 000 blessés. Parmi ces examens, il y en eut de faits à toute extrémité où j'ai eu le bonheur de contribuer directement à sauver la vie d'hommes qui, sans ce secours, eussent été perdus à brève échéance. Dans tous les cas, j'ai retiré une grande douceur de la possibilité d'apporter un soulagement aux souffrances supportées avec tant de patience et de courage.

Services d'émanation du Radium

La mobilisation et la nécessité pour tous de se consacrer à la défense nationale déterminèrent un arrêt du travail purement scientifique dans les laboratoires. D'autre part, dans la première période de la guerre, le Radium ne fut pas utilisé comme moyen de traitement des blessés. Lors de la marche des armées allemandes sur Paris en 1914, j'ai donc, d'accord avec le gouvernement, transporté et mis en dépôt à Bordeaux le radium qui se trouvait dans mon Laboratoire, puis je revins aussitôt à Paris pour m'y occuper de la radiologie dans les hôpitaux. À la stabilisation du front vers…, et après déménagement du Laboratoire, la situation fut jugée sans danger et le Radium fut ramené à l'Institut du Radium. Vers la même époque, le Service de Santé, entre autres perfectionnements, établit des centres de physiothérapie, où étaient appliqués les moyens de traitement modernes, entre autres la radiumthérapie. Cependant, les moyens d'action étaient insuffisants ; le Service de Santé disposait d'un certain nombre d'appareils à Radium prêtés par la Société de Traitements Chimiques (propriétaire d'une usine de Radium) et ces appareils devaient être partagés entre les centres de Paris, Lyon et Bordeaux.

La situation de la radiumthérapie en France était d'ailleurs très précaire et très inférieure à celle que l'on constate à l'étranger. L'Angleterre, l'Amérique, l'Allemagne possèdent des

Instituts du Radium richement dotés et disposent de grandes quantités de Radium pour le traitement des malades. En France, pays de la découverte du Radium, et de la Radiumthérapie, aucun Institut semblable n'existe et le traitement des malades n'était assuré par aucune institution nationale, mais seulement par quelques médecins possédant du Radium pour leur clientèle privée. L'Institut du Radium de l'Université de Paris ne possède pas d'autre Radium que celui dont je lui ai fait don ; avant la guerre, aucune section de thérapeutique n'était prévue pour cet Institut.

J'ai pensé que le Radium dont je disposais pouvait être utilisé pour la guérison des blessés, à condition d'organiser cette utilisation sans compromettre la sécurité de cette matière précieuse. Pour cela il convenait de mettre à la disposition du Service de Santé non le Radium lui-même, mais "l'émanation" qui peut en être extraite à intervalles réguliers et qui, nous le savons, est la source des rayons γ du Radium principalement utilisés en Radiumthérapie. La technique de l'usage de l'émanation a été établie dans les Laboratoires de Radioactivité en vue de recherches scientifiques ; elle a ensuite été appliquée dans les Instituts de Radiumthérapie mentionnés ci-dessus, mais elle était inconnue des médecins français. J'ai pensé que l'organisation d'un service de distribution d'émanation pourrait non seulement avoir une utilité immédiate pour les soins aux blessés, mais fournirait de plus un moyen efficace pour faire connaître en France les méthodes qui ont contribué au développement de la Radiumthérapie à l'étranger.

J'ai donc offert au Service de Santé de lui fournir régulièrement pour ses hôpitaux des ampoules contenant l'émanation du Radium. Cette offre fut acceptée avec empressement et le projet reçut sa réalisation en automne 1916, dans les conditions suivantes :

Le Radium mis en solution était contenu dans un récipient adapté à un appareillage spécial, conforme à la technique coutumière de mon Laboratoire, établie par M. Debierne, mais modifiée pour le but qu'on se proposait. Les gaz dégagés par la solution et contenant l'émanation étaient puisés une fois par semaine et soumis à des traitements destinés à séparer l'émanation purifiée ; celle-ci était ensuite condensée dans un tube de verre étroit refroidi après immersion dans l'air liquide. Ce tube chargé d'émanation était séparé de l'appareil producteur et divisé en un certain nombre d'ampoules scellées contenant des doses d'émanation que l'on mesurait par des procédés électrométriques et que l'on livrait aux hôpitaux avec les certificats attestant la valeur du contenu. Des tableaux numériques établis dans mon Laboratoire étaient remis aux médecins qui devaient utiliser ces ampoules, afin qu'ils puissent suivre facilement la décroissance de l'émanation avec le temps, laquelle a lieu suivant une loi dont l'application numérique n'est pas immédiate. Une ampoule dont le contenu a diminué au-dessous des teneurs utilisables est rejetée comme n'ayant plus de valeur. Les doses primitives dans chaque ampoule peuvent être graduées à volonté dans de larges limites et peuvent dépasser de beaucoup en rayonnement une ampoule de même volume remplie entièrement de sel de radium pur. Cette possibilité de concentrer le rayonnement dans un très petit volume est un avantage important de la méthode qui est recommandée, d'autre part, par la sécurité réalisée pour le Radium ; celui-ci, au lieu de circuler en petits tubes dans les hôpitaux, est conservé dans l'installation centrale, avec le maximum de garanties.

Le Service de Santé désigna l'Hôpital du Grand Palais pour recevoir les ampoules d'émanation destinées aux hôpitaux militaires ; Mme Laborde, chargée du Service de Radiumthérapie de cet hôpital, utilisait les ampoules principalement dans son service, mais était chargée aussi de les livrer sur demande aux hôpitaux de Paris ou de province. Un autre spécialiste, le Dr Dominici, que nous avons eu le regret de perdre récemment, et à qui la radiumthérapie en France doit ses plus sérieux progrès, assuma la tâche des applications dans les hôpitaux civils comprenant une section militaire, principalement à la Pitié.

Ce premier essai de Service d'émanation central en France fonctionna régulièrement et eut un succès complet. Ses avantages furent aussitôt appréciés à tel point que, lors des bombardements de Paris, le Service de Santé se chargea de faire exécuter par le Génie des travaux de protection spéciale du Laboratoire d'émanation, de manière à assurer la continuation du Service en mettant le Radium à l'abri du danger des projectiles.

Le nombre des soldats traités au moyen des ampoules jusqu'à la fin de la guerre a été d'environ 500. Plus d'une centaine de civils ont également bénéficié du traitement. Les affections traitées sont : les cicatrices vicieuses, les névrites qui en résultent, les arthrites, les ulcères superficiels et les cancers profonds.

L'extraction de l'émanation et la préparation des ampoules sont des opérations délicates. J'ai dû les exécuter moi-même pendant une année, j'ai pu ensuite associer à ce travail mon mécanicien, M. Ragot, qui a pu, avec beaucoup de bonne volonté et d'intelligence, assimiler tous les détails des opérations régulières et dont l'aide m'a été précieuse. L'action fréquente des rayons n'est pas sans danger pour l'opérateur et nous avons dû établir des dispositifs de protection. J'ai été atteinte, en particulier, de maux de tête et d'yeux persistants qui se sont atténués par la suite. M. Ragot qui a constamment bénéficié des moyens protecteurs n'a été sujet à aucun malaise.

Tandis que le Service de Radiologie de Guerre de mon Laboratoire avait débuté dans les locaux de la rue Cuvier et s'y était développé dans des conditions très difficiles, le service d'émanation a été installé d'emblée dans les nouveaux bâtiments de l'Institut du Radium, rue Pierre-Curie. Cet Institut, fondé par l'Université de Paris avec le concours de l'Institut Pasteur, comprend deux Laboratoires : le Laboratoire Curie dirigé par moi et le Laboratoire Pasteur dirigé par M. le Dr Regaud. Ce dernier a été mobilisé jusqu'en 1918 ; dès sa démobilisation il s'occupa activement de la radiumthérapie et se chargea de l'utilisation des ampoules d'émanation dans un service de l'hôpital Pasteur, mis à sa disposition par M. Roux, Directeur de l'Institut Pasteur. J'eus l'occasion, dès cette époque, d'attirer l'attention du Conseil de l'Institut du Radium sur la nécessité de provoquer le développement de la radiumthérapie en France. M. Roux, qui fait partie de ce Conseil, a été vivement impressionné par l'état de la question. Sur son invitation, M. Henri de Rothschild mit à la disposition de l'Institut du Radium près d'un gramme de bromure de Radium pour le traitement des malades dans les hôpitaux de Paris. Le service d'émanation de la fondation Rothschild est en voie d'organisation au Laboratoire Pasteur de l'Institut du Radium et permettra de libérer pour la recherche scientifique pure le Radium de mon Laboratoire. Ainsi prend naissance la Section thérapeutique de l'Institut du Radium appelée, sans aucun doute, à un développement considérable.

Comité des Corps Radioactifs

Ce Comité fut créé sur mon initiative pour réaliser une organisation méthodique de la production des corps radioactifs et de leur utilisation pour les besoins de la défense nationale.

Avant la guerre, il existait en France une fabrication de radium et de mésothorium faisant l'objet d'une industrie assez importante. Cette industrie née en France s'y était développée grâce aux méthodes de traitement établies au Laboratoire Curie ; au laboratoire elle empruntait sa technique, ses méthodes de mesures, parmi les élèves du laboratoire elle trouvait des ingénieurs. Le radium fabriqué en France était la principale ressource des marchés étrangers. La production était absorbée, principalement en vue d'applications médicales, par une clientèle chaque jour croissante de médecins et d'hôpitaux, et aussi dans une large mesure par la fabrication de peintures lumineuses destinées aux cadrans de montre et applications analogues.

Pendant la guerre, cette industrie subit une désorganisation résultant du manque de personnel et de matières premières. En même temps, les besoins des services militaires en produits radioactifs s'accrurent. La Radiumthérapie fut appliquée dans les hôpitaux militaires de Paris, Lyon, Bordeaux au traitement des blessés. Les produits lumineux furent demandés par tous les services de la guerre et de la marine pour l'amélioration d'appareils de visée, de mesure, de signalisation.

En même temps que je m'occupais, comme il a été exposé ci-dessus, de créer un Service de Radiumthérapie pour les hôpitaux militaires à Paris, j'adressai au Ministère de l'Armement un rapport sur la nécessité de protéger et d'organiser la production de Radioéléments, ainsi que leur utilisation au mieux de l'intérêt général.

À la suite de ce rappel, un Comité interministériel de Corps Radioactifs fut créé au Ministère de l'Armement. J'ai fait partie de ce Comité et j'ai dû lui fournir sa documentation.

Le Comité s'est occupé de secourir l'industrie des Radioéléments, en lui fournissant des matières premières, et d'assurer une distribution judicieuse des produits fabriqués. Il s'intéressa aussi à la situation précaire de la Radiumthérapie en France et établit un programme d'action pour le développement d'un service national.

D'accord avec le Comité des C. R. et sur la demande de M. Schlœsing, Président du Comité Consultatif des Arts et Manufactures au Ministère du Commerce, j'écrivis un Rapport sur l'Industrie des Radioéléments et leurs applications, Rapport qui fut présenté aux Séances de ce Comité et signalé dans le Compte Rendu de ses travaux. Dans ce Rapport j'ai résumé la situation de l'industrie des Radioéléments en France avant et pendant la guerre, j'ai indiqué les besoins de cette industrie et les possibilités de perfectionnement, la nature et l'avenir des applications. J'ai insisté sur la nécessité de créer un Service National de Radiumthérapie et un laboratoire de recherche industriel, tous les deux en relation avec l'Institut du Radium déjà existant, mais privé de moyens d'action appropriés à son rôle. Le Comité Consultatif des Arts et

[Manufactures] émit un vœu en faveur de la réalisation de ces desiderata.

À la fin de la guerre, le Comité des Corps Radioactifs perdit une partie de ses attributions, il continue cependant à s'intéresser aux projets amorcés et apporte son concours en vue de leur réalisation future, en plein accord avec le Conseil de l'Institut du Radium présidé par M. le Recteur de l'Académie de Paris et composé de représentants de l'Université et de l'Institut Pasteur.

Déménagement du Laboratoire et installation nouvelle

Je fus avisée au début de l'été 1915 que les nouveaux bâtiments de l'Institut du Radium me seraient livrés et l'Université me demandait d'en prendre possession et de libérer au plus tôt les locaux occupés par mon Laboratoire au P. C. N.[1] afin de les restituer aux services auxquels ils avaient été empruntés.

La tâche n'était pas facile. Les nouveaux bâti-

---

1. Désigne l'enseignement de la physique, de la chimie et des sciences naturelles, installé rue Cuvier.

ments n'étaient pas terminés à l'intérieur (toutes les vitres, par exemple, manquaient aux armoires) et la perturbation amenée par la guerre empêcha de réclamer la rectification de divers défauts dont plusieurs ont occasionné des inconvénients sérieux. Pour le déménagement, je n'avais ni personnel, ni crédit, pour l'aménagement du nouvel Institut pas le moindre crédit d'installation, alors que le crédit annuel était réduit de 12 000 à 9 000 francs.

J'acceptai cependant cette tâche que je menai de front avec le Service Radiologique alors dans sa pleine intensité. Dans les intervalles de mes fréquents voyages, je réunis le matériel de Laboratoire, qui a été soumis à un nettoyage aussi complet que possible en vue de le débarrasser des poussières radioactives. Ce matériel a été ensuite transporté rue Pierre-Curie à l'aide de mes voitures radiologiques ; ensuite il y fut classé et distribué, par moi-même principalement, avec montée et descente d'un nombre considérable d'étages chaque journée. Il s'est agi ensuite d'assumer les soucis interminables de l'installation, avec le seul secours de mon mécanicien déjà souffrant alors. Il a fallu faire les réparations urgentes, planter les arbres et les arbustes, demander le gaz, l'électricité, le téléphone, l'air comprimé, se procurer à grand-peine du charbon spécial pour la chaudière, former la batterie d'accumulateurs, installer la salle de cours, l'atelier de mécanique, la bibliothèque puis les appareils spéciaux : air liquide, électroaimants, rayons X, spectrographie, service de mesures, le service d'émanation, etc., en plus de mon mécanicien, j'étais aidée surtout par Mlle Curie ; j'ai bénéficié aussi de quelques secours intermittents. C'est plus tard seulement que j'eus à mon service un soldat mobilisé, employé à la Sorbonne, M. Lamairie qui m'a aidée avec beaucoup de dévouement. De nombreux déboires ont augmenté les difficultés de la tâche. Ainsi la chaudière (pour le choix de laquelle je n'avais pas été consultée) eut des avaries fréquentes qui occasionnèrent des frais considérables et des interruptions de chauffage en plein hiver très rigoureux.

Malgré toutes ces misères, le travail avançait et le nouveau Laboratoire s'organisait peu à peu. J'ai eu la satisfaction d'y avoir assuré des enseignements divers pendant la guerre et d'avoir réalisé progressivement une installation déjà bien complète pour la rentrée scolaire 1919/1920, à l'époque de la démobilisation.

Enseignement

En raison du service important de Radiologie dont j'étais chargée, j'avais été dispensée de tout enseignement par M. le Recteur de l'Académie de Paris. Néanmoins, je n'ai renoncé à l'enseignement que pendant l'année scolaire 1915/1916, cela en raison de la fréquence de mes déplacements aux hôpitaux. Je repris mon cours en 1916, en même temps que je m'occupais de cours aux manipulateurs et manipulatrices en radiologie dont il était question ci-dessus. Les élèves étaient peu nombreux, toutefois il y en eut quelques-uns de sérieux qui suivirent l'enseignement et les manipulations organisées avec des moyens de fortune dans les locaux destinés à la recherche – le local spécial pour les manipulations que j'avais demandé ayant été refusé au nouvel Institut. Je continuai mon enseignement régulièrement, ayant comme élèves des étudiants extérieurs, des médecins et des ingénieurs. Mlle Curie me servait de préparateur bénévole, elle fut nommée préparateur délégué pour l'année scolaire 1918/1919 et s'acquitta de sa tâche à mon entière satisfaction. Au printemps 1919 j'organisai un enseignement spécial pour les étudiants américains dont 20 environ suivirent le cours et travaillèrent avec beaucoup de zèle aux manipulations dirigées par Mlle Curie. L'examen qui suivit leurs études donna des résultats très satisfaisants.

En automne 1919, Mlle Curie fut remplacée par M. Holweck, préparateur du cours, démobilisé à cette époque. M. Debierne, chef des travaux, était revenu dès le début de 1919.

La rentrée de l'année scolaire 1919/1920 nous amena beaucoup d'élèves. Il a été nécessaire d'utiliser à nouveau les salles de recherche pour les manipulations ce qui ne peut avoir lieu qu'au détriment des travaux de recherche. Il convient donc d'assurer au plus tôt une extension du Laboratoire, en vue d'un fonctionnement normal. Il semble de plus indispensable d'établir un enseignement spécial pour les médecins et étudiants en médecine de plus en plus nombreux qui désirent acquérir des notions scientifiques sur la théorie et la pratique de la Radiologie et la Radiumthérapie. Il est indispensable aussi de compléter le personnel du Laboratoire. Une nomination de garçon s'impose en urgence, ainsi que celle d'un second préparateur.

Je termine ce rapport en signalant que pendant toute la guerre je suis restée à mon poste, ne prenant pas de vacances sauf quelques jours en été pour voir mes enfants. Je crois avoir fait un effort aussi complet et aussi étendu que mes forces l'ont permis. Je n'ai cessé de souhaiter ardemment d'apporter une aide efficace à la tâche commune.

BIBLIOGRAPHIE

Biographies et autobiographie

Cotton, Eugénie, *Les Curie et la radioactivité*, Seghers, 1963.

Curie, Ève, *Madame Curie*, Gallimard, 1938 ; coll. "Folio", Gallimard, 1981.

Curie, Marie, "Autobiographical Notes", in *Pierre Curie*, The Macmillan Company, New York, 1923 ; rééd. "The Story of My Life" (1923) in *Autobiographical Notes by Marie Curie*, Institut Curie, Musée Curie, 2013.

–, *Pierre Curie*, Payot, 1924.

Fuller, Loïe, *Ma vie et la danse*, suivi d'*Écrits sur la danse*, L'Œil d'Or, 2002.

Jarrassé, Dominique, *Osiris. Mécène juif, nationaliste français*, Esthétiques du divers, 2008.

Lista, Giovanni, *Loïe Fuller, danseuse de la Belle Époque*, Hermann, 2006.

Quinn, Susan, *Marie Curie*, Odile Jacob, 1996.

Regaud, Jean, *Claudius Regaud (1870-1940)*, Maloine, 1982.

Reid, Robert, *Marie Curie. Derrière la légende*, Seuil, 1979.

Wieviorka, Annette (sous la direction de), *Justin Godart. Un homme dans son siècle (1871-1956)*, CNRS éditions, 2004.

Correspondance

Marie, Irène Curie. Correspondance (1905-1934), Les Éditeurs français réunis, 1974.

Marie Curie et ses filles. Lettres, Pygmalion-Flammarion, 2011.

Ouvrages scientifiques et historiques

Boudia, Soraya, *Marie Curie et son laboratoire. Sciences et industrie de la radioactivité en France*, Éditions des Archives contemporaines (EAC), 2001.

Camilleri, Jean-Pierre, et Coursaget, Jean, *Pionniers de la radiothérapie*, EDP Sciences, 2005.

Chamak, Brigitte, *Cent ans de recherches en cancérologie. Le rôle d'Antoine Lacassagne (1884-1971)*, Glyphe, 2011.

Collectif, *L'Institut Curie. Un siècle de lutte contre le cancer*, Le Cherche-Midi, 2008.

–, *Les Pionniers de la radioactivité. Du Muséum au Collège de France*, coll. "Parcours des sciences", CNRS/Institut Curie, 1997.

Cosset, Jean-Marc, et Huynh, Renaud, *La Fantastique Histoire du radium. Quand un élément radioactif devient potion magique*, Ouest-France, 2011.

Curie, Marie, *La Radiologie et la Guerre*, Félix Alcan, 1921.

Joliot-Curie, Irène, "Étude des Carnets de laboratoire", *in* Curie, Marie, *Pierre Curie*, Denoël, 1955 (rééd. augmentée de la biographie parue en français en 1924).

Larcan, Alain, et Ferrandis, Jean-Jacques, *Le Service de santé aux armées pendant la Première Guerre mondiale*, LBM, 2008.

Leçons de Marie Curie, recueillies par Isabelle Chavannes en 1907. Physique élémentaire pour les enfants de nos amis, EDP Sciences, 2003.

Pigeard-Micault, Natalie, *Les Femmes du laboratoire de Marie Curie*, Glyphe, 2013.

Pinell, Patrice, *Naissance d un fléau. Histoire de la lutte contre le cancer en France (1890-1940)*, Métailié, 1992.

Regaud, Claudius (sous la direction de), *Leçons de chirurgie de guerre*, Masson et Cie, 1918.

Souttar, Henry, *A Surgeon in Belgium*, Edward Arnold-Longmans, Green and Co., Londres-New York, 1915 ; The Project Gutenberg eBook, 2004.

Van Tiggelen, René, *La Grande Guerre de 1914-1918. La radiologie belge monte au front*, Belgian Museum of Radiology, Bruxelles, 2011.

Articles scientifiques et historiques

Curie, Irène, "Marie Curie, ma mère", *Europe*, n° 108, décembre 1954.

Ferrandis, Jean-Jacques, "Le Service de santé durant la bataille de Verdun", *Histoire des sciences médicales*, t. XXXVI, n° 2, 2002.

Foray, Nicolas, "Claudius Regaud (1870-1940). Une relecture des archives d'un pionnier de la radiobiologie et de la radiothérapie", *Cancer Radiothérapie*, vol. 16, n° 4, juillet 2012.

Massiot, Anaïs, et Pigeard-Micault, Natalie, "Le fonds Hôpitaux d'origine d'étape de Bouleuse, Prouilly et Épernay (1917-1918)", *Histoire des sciences médicales*, tome XLVII, n° 3, 2013.

Morelli, Anne, "Marie Curie sur le front belge pendant la Première Guerre mondiale", in

Marie Skłodowska Curie et la Belgique, Université libre de Bruxelles, 1990.

Radvanyi, Pierre, "Les Curie, deux couples radioactifs", *Pour la science*, coll. "Les Génies de la science", n° 9, novembre 2001-février 2002.

–, "Ernest Rutherford : la transformation radioactive", en ligne sur *BibNum, Bibliothèque numérique d histoire des sciences.*

Segal, Alain, Ferrandis, Jean-Jacques, Pallardy, Guy, et Neuville, Marc, "L'Hôpital d'origine d'étape (HOE) de Bouleuse/Aubilly/Ste-Euphraise dans la tourmente du début de la deuxième bataille de la Marne (fin mai-début juin 1918). Quelques souvenirs sur René Leriche", *Histoire des sciences médicales*, t. XXXVIII, n° 3, 2004.

Discours et articles nécrologiques ou commémoratifs

Collectif, *Le Radium. Célébration du vingt-cinquième anniversaire de sa découverte (1898-1923)*, Les Presses universitaires de France, 1923.

Jolly, Justin, "Claude Regaud (1870-1940)", *Bulletin de l Académie de médecine*, t. CXXIV, n° 3-4, 1941.

Lacassagne, Antoine, "Claudius Regaud (1870-

1940). Ses travaux sur le cancer", *Bulletin de l'Association française pour l'étude du cancer*, t. XXIX, nº 3, 1940-1941.
–, "L'œuvre de Regaud cancérologiste", *La Lutte contre le cancer, Bulletin trimestriel de la Ligue contre le cancer*, nº 69-70, 1941.
–, "Commémoration du souvenir du Professeur Claudius Regaud et inauguration des nouveaux services de la Fondation Curie", *Annales de l'Université de Paris*, nº 2, 1956.
–, "Marie Curie", *Annales de l'Université*, novembre-décembre 1967.
Nogier, Thomas, "À la mémoire du Professeur Regaud (souvenirs)", *Journal de radiologie et d'électrologie*, t. XXV, nº 1-2, 1942.
Regaud, Claudius, *Émile Roux (1853-1933)*, Fondation Curie, 1934.
–, *Marie Skłodowska-Curie (1867-1934)*, Fondation Curie, 1934.
Sergent, Émile, *Claude Regaud (1870-1940)*, Masson et Cie, 1941.

Notes présentées aux Académies (par ordre chronologique)

Röntgen, Wilhelm, *Une nouvelle sorte de rayonnements*, note présentée à la Société physico-médicale de Würzburg le 28 décembre 1895, et son analyse par Jean-Jacques Samueli, en ligne sur *BibNum, Bibliothèque numérique d histoire des sciences.*

Becquerel, Henri, *Sur les radiations émises par phosphorescence*, note présentée à l'Académie des sciences le 24 février 1896, et son analyse par Jean-Louis Basdevant, en ligne sur *BibNum, Bibliothèque numérique d histoire des sciences.*

Curie, Marie, *Rayons émis par les composés d uranium et de thorium*, note présentée à l'Académie des sciences le 18 mars 1898 par Gabriel Lippman.

Curie, Marie et Pierre, *Sur une substance nouvelle radio-active contenue dans la pechblende*, Comptes Rendus de l'Académie des sciences, t. CXXVII (1898), p. 175-178.

Curie, Marie et Pierre, avec Bémont, Gustave, *Sur une nouvelle substance fortement radio-active contenue dans la pechblende*, Comptes Rendus de l'Académie des sciences, t. CXXVII (1898), p. 1215-1217.

Curie, Pierre, et Becquerel, Henri, *Action physiologique des rayons du radium*, Comptes Rendus de l'Académie des sciences, t. CXXXII (1901), p. 1289-1291.

Archives

Service des archives du musée Curie.
Archives personnelles de la famille Regaud.
Bibliothèque nationale de France, département des Manuscrits, fonds Pierre et Marie Curie :
NAF 18437, *Documents concernant la Première Guerre mondiale.*
NAF 18438, *Documents concernant la Première Guerre mondiale.*
NAF 18439, *Correspondance concernant la radiologie. Années 1914-1918.*
NAF 18440, *Correspondance concernant la radiologie. Années 1918-1927.*
NAF 18481, *Liste des examens radiologiques effectués par Marie Curie. Novembre 1914-mars 1918.*
NAF 18383, *La Radiologie et la Guerre – The Story of Madame Curie.*
NAF 18436, *Manuscrits et correspondance classée par sujets. Documents divers.*
NAF 18457, *Lettres reçues. XCIII Meloney.*
NAF 18516, *Marie Curie. Notes sur l'enfance de ses filles. 1897-1912.*
NAF 18517, *Marie Curie. Fragments du journal*

tenu après la mort de Pierre Curie. Avril 1906-avril 1907.
NAF 18435, *Manuscrits et lettres.*
NAF 18460, *Lettres reçues. XCVI Pacary-Quinet.*
NAF 18461, *Lettres reçues. XCVII Radiological Society-Rutherford.*
NAF 18475, *Mort de Marie Curie.*
NAF 18504, *Cahier de signatures quai de Béthune, après la mort de Marie Curie.*

Romans
Duhamel, Georges, *Vie des martyrs et autres récits des temps de guerre*, Omnibus, 2005 (1re éd. 1917).
Enquist, Per Olov, *Blanche et Marie*, Actes Sud, 2006.
Neirynck, Jacques, *La Mort de Pierre Curie*, 10/18, 2007.

Documentaires
Sorbonne Plage. L histoire du nucléaire français, réalisateurs Frédéric Variot et Alain Rudaz, production Exilène Films, France 5, 2005.
La Tribu Curie, collection documentaire "La Saga des Nobel", auteur Valérie Lumbroso, réalisateur Corinne Glowacki, production Guilgamesh/La Cinquième, 1997.

Marie Curie au-delà du mythe, auteurs Nathalie Huchette, Michel Vuillement, Géraldine Berger, production Les Films d'un jour, Arte France, 2011.

Marie Curie, une femme sur le front, auteurs Marie-Noëlle Himbert et Yann Le Gal, réalisateur Alain Brunard, production France 2/Capa Drama/Be Films/RTBF, 2014.

REMERCIEMENTS

Je tiens à remercier les personnes qui m'ont aidée dans cette belle aventure.

Hélène Langevin et Pierre Joliot, petits-enfants de Marie Curie et enfants d'Irène Joliot-Curie, pour leurs paroles éclairantes.

Francis et Gwendoline Regaud, petit-fils et arrière-petite-fille de Claudius Regaud, ainsi que leur famille, pour la générosité de leur accueil.

L'équipe du musée Curie, pour sa précieuse disponibilité. En particulier Renaud Huynh, directeur du musée, et Natalie Pigeard-Micault, responsable des archives. Ainsi que Nathalie Huchette et Anaïs Massiot, pour son travail sur Bouleuse.

Nicolas Foray, radiobiologiste, chercheur à l'INSERM et historien de la radiothérapie, pour ses connaissances aussi profondes que la gentillesse avec laquelle il les partage.

René Van Tiggelen, conservateur du musée de la Radiologie de Bruxelles, pour ses travaux sur Marie Curie en Belgique.

Raymond Wey et Jean-Jacques Ferrandis, historiens du Service de Santé des armées, pour leur accueil et leurs conseils au Val-de-Grâce.

Pour le temps qu'ils m'ont accordé : Dominique Jarassé et Marc Seviran sur Osiris ; Giovanni Lista sur Loïe Fuller ; Patrice Pinell sur la perception du cancer durant la Première Guerre mondiale ; Nathalie Mignot, sur les traductions de textes en anglais.

Pour avoir permis que cette histoire soit racontée dans le film *Marie Curie, une femme sur le front* : Yann Le Gal, son spirituel coauteur ; Alain Brunard, son ingénieux réalisateur ; Cécile Roger-Machart, son opiniâtre productrice pour Capa Drama ; Fabrice Puchault et Caroline Glorion, ses audacieux diffuseurs pour l'unité documentaire de France 2, qui l'ont accompagné depuis le premier jour.

Et bien sûr, pour archiver et conserver de précieux documents, la Bibliothèque nationale de France.

Merci à Actes Sud, qui m'a ouvert sa porte.

À tous ceux qui m'ont soutenue de leur affection au cours de ce travail.

Et à Marie Curie, qui donne du courage.

TABLE

JOUVE - 1, rue du Docteur Sauvé, 53100 Mayenne - Imprimé sur presse rotative numérique
N° 2208328F - Dépôt légal : mai 2015 - Imprimé en France